寂庵コレクション Vol.2

あなたは、大丈夫

瀬戸内寂聴

光文社

寂聴さん×宮沢りえさん
スペシャル対談

悔いのない、女の人生

愛には色もついていないし、形もありませんから、
とっても強いものだけれど、
とっても儚いものでもあって。
それがすごく面白いところだと思います。

だからこそ
「愛」というものを感じるには、
自分が信じる気持ちしかないんです。

寂聴さんと宮沢りえさんは、２００５年に放映された特別ドラマ『女の一代記「瀬戸内寂聴――出家とは生きながら死ぬこと」』（フジテレビ）で、りえさんが恋多き作家・瀬戸内晴美がついに得度するまでの情熱的な半生を演じた、浅からぬご縁があります。冬のある日、約３年半ぶりに、りえさんが嵯峨野の寂庵を訪れました。

宮沢　お久しぶりです。寂聴さんとお会いできるのを楽しみにしていました。これ、ストールなんですけど、お寒い京都でどうかな？　と思いまして。

寂聴　綺麗な色ね！

宮沢　とてもお似合いです。薄くて暖かいし、肌触りが良いので首に巻かれたらいいかな、と思って。

寂聴　どうもありがとう。とってもいいわね。いい色だわ。私からも、これ。お嬢ちゃんにあげて。

宮沢　まあ！　素敵!!　具合わせですね。

寂聴　とても綺麗でしょう？　源氏物語を描いたものなの。

宮沢　貴重なものをありがとうございます！　絵柄は、光源氏に……蛍が飛んでいるんですね。美しい。

寂聴　今日は寒いからお酒でも飲む？

宮沢　いいですね（笑）。

寂聴　日本酒もいいけど、大きなシャンパンがあるからそれにしましょうね。シャンパンもってきてちょうだい。

宮沢　お酒は毎日召し上がっているんですか？

寂聴　そうね。

宮沢　私もほぼ毎日（笑）。量はだいぶ減りましたけど、料理をしながら飲み始めて、食事のときにも少しいただいて。

寂聴　私も基本、毎日ですけれど、書くときは別ね。酔っ払うとやっぱり書けないから。

宮沢　原稿をお書きになるお時間帯は決まっているんですか？

寂聴　もうね、今でも締め切りだと徹夜をして書いているのよ。

宮沢　徹夜ですか⁉

寂聴　97歳なのに、まだ仕事をしている。それで締め切りで徹夜なんかしているんだから自分でも馬鹿じゃないかなと思うわ（笑）。

宮沢　でも、それが元気の源でもあるんでしょうね。

寂聴　本当に「もういい！」と毎日思うんですけどね、仕事の依頼があるとまた引き受けてしまうの。

宮沢　求められ続けるって、本当にすごいことですよね。

寂聴　出版社も、「生きているからしょうがないな」という感じで仕事を頼んでくるんじゃないかしら（笑）。

宮沢　そんなことないですよ！　普段、お食事はどのようなものを。

寂聴　好きなものを食べる。「97歳なのにどうしてこんなに健康なのか」って、「何か秘密があるだろう？」とよく言われるけど、なんにもないの。毎日お酒を飲んでいるから健康なのかもしれない。

宮沢　（笑）じゃあ、私も健康でいられますね！

寂聴　あとは大好きな肉を食べること。子どもにも肉を食べさせなさいよ。ところでお嬢ちゃんはいくつになったの？

宮沢　10歳になりました。やはりこのぐらいの歳の頃の成長ってものすごいですね。身体的なこともそうですけど、いろいろな情報を吸収するときで、心の成長が早い。人間の成長ってこんなにもめまぐるしいものなんだと驚きます。私は今46歳なんですが、まだまだ成長をしてきたいなあ、と彼女を見ていると日々感じます。

寂聴　まだ46歳？　私なんて97歳よ（笑）！

宮沢　失礼いたしました（笑）。

寂聴　でも、ずいぶん会っていなかったわよね。

宮沢　前回、遊びに来させていただいたのはいつだったかな？

寂聴　あの子がまだ小さくて、廊下を走り回って遊んでいたね。背丈も今の半分くらいだったんじゃないかしら。

宮沢　そうでしたね。今は小学4年生で、ちょっとした反抗期でもありますけど、おかげさまで彼女はとっても素敵な子に育ってくれていて。

寂聴　ずいぶん綺麗になったわね。

宮沢　最近テレビで私のデビュー当時の映画が流れているんですけれど、そのときの私に似ているってよく言われるんです。

寂聴　今のあなたにも似ていますよ。性格も似ているの？

宮沢　彼女はどちらかといえば寡黙です。私はよく喋るけれど、彼女は静かですね。

母だったらこんなとき何と言うだろう

寂聴　おばあちゃんがいたら喜ばれたでしょうね。

宮沢　そうですねえ。母は私にはとても厳しかったですが、孫には甘いってこういうことを言うんだなと思うくらい溺愛していました。

寂聴　メロメロだった？

宮沢　はい。もう大可愛がりでした！　母が亡くなったのは娘が5歳の頃でしたが、娘は今も自分からお線香をあげたりお水をかえたりしています。御前に手を合わせて「何々ができますように」とかお願いごともしたりして。私が「みっちゃん（編集部註：母の光子さん）は神様じゃないんだよ」って言うんだけど、みっちゃんだったら叶えてくれると思っているのか、よくお願いをしているんですよ。

寂聴　可愛いわね。お母さんはあなたのことを本当に可愛がっていたけれど、あなたもお母さんのことを非常に尊敬していましたよ。あなたはまだ小さかったけれど「あんな母はいない」と言って。

宮沢　そうでしたねえ。母が亡くなって、ますますその気持ちが強くなったと思います。「こんなとき母だったら何て言うかな?」と想像することがよくあります。かつての母とのいろんな思い出を集めて「きっと、こういうことを言ってくれるだろう」と想像をしていると、ますます自分にとってとても大きな存在だと感じて。一週間に一度くらいは「母に会いたいな」「母と話したいな」と思っていますね。

役を生きる

寂聴　でもね、大変失礼な言い方だけど、あなたが可愛くて美しいことは誰もが認めていたけれど、まさかこんなに大女優になるとは思わなかったわ。

宮沢　いやあ、そんな。

寂聴　本当に良い女優さんになりましたね。

宮沢　私、こんなふうに仕事を続けてこられたのは、出会いの運がすごくあるからだと思います。どんなにお稽古を重ねても、それを披露する機会や、活かせる場所がなければ、認めてもらえることはありませんから。やはり、人生の要所要所で自分にとって大きな存在の監督さんや俳優さんに出会えたということが、私の強運の一つだと思います。

寂聴　もう15年ほど前ですが、あなたはドラマで私を演じる時「私になりたい」って言ってきてくれたのよね。

宮沢　はい。私は「役を演じる」というよりは「役を生きる」という感覚が近いんですが、寂聴さんが出家される51歳までを〝生きさせて〟いただいたことがありました。

寂聴　私が「だいたい女の小説家は、器量が悪くて小説家になるものだから、あなたのような器量の良

い人はいないよ」って言ったのよね。それでも「どうしてもなりたいんです」と言って、私が着ている着物まで着て『なった』んですよ。女の小説家たちはみんな笑っていたの。「りえちゃんがどうして小説家になるのよ」って。そうしたら、本当に小説家になっちゃった！　あのときは本当にビックリした。みんなもビックリしていて、「あの子は何？　どうやって小説家になったの？　恐ろしい子ね」なんて。

宮沢　そんなことを言っていただいていたんですか。それは嬉しいです。あのときは、演じているというよりも、寂聴さんが自分の中に入り込んでいる感覚がしていました。感情に忠実に生きていらっしゃる寂聴さんを生きるのは、正直とっても疲れました（笑）。

寂聴　アハハ。

宮沢　それに、演じていて「寂聴さんモテるなあ」と思っていました。

寂聴　え？　私？　そう、私、モテるのよ（笑）。だから、小説の題材に困らない。でも、あなただってモテるでしょ。

宮沢　いえいえ、私はそんなにモテませんよ。

寂聴　そんなことないでしょう!?

宮沢　寂聴さんのように、二人の男性に同時に愛されて「どっちをとろう？」なんてことありませんから。

寂聴　あなたは美しすぎるの、隙がなさすぎる。男の人が「どうせ相手にされないだろう」ってなってしまうのね。私のような〝おへちゃ〟は、男の人が「自分でも大丈夫だろう」と安心して寄ってくるの。

宮沢　あのドラマでも、若い作家の男性が今でいうストーカーのようになってしまいましたもんね。私、あの作品の中で一生忘れられないシーンがあるんです。その若い男性とのセックスのシーンで「君はなんで僕とこんなことをするんだ！」と言われたときに、一言「憐憫よ」って。ラブシーンの最後にあんなセリフを言うことって、この先もない気がします。

寂聴　そんなセリフもあったわね（笑）。私は出家したのが51歳だから、それからもう46年。あのときに出家して良かったと思いますね。

宮沢　後悔されたことってありますか？

寂聴　後悔は一度もしていない。「ああ、良かった」と思うことばかりね。いくつになっても好きな人がいるほうがいい。

宮沢　今でもそうかもしれませんが、出家するまでの寂聴さんは、「好きは好き」「嫌いは嫌い」って自分の感情にとっても素直でいらして。そのような方が、欲を断つという世界に入るということは、どんな感覚でしょうか？

寂聴　私は、男たちが次から次へとやってくるのが、だんだん煩わしくなってしまった。しかも当時は家庭のある男とゴタゴタしていたの。不倫ですよ。こういう状況をなんとか無くすにはどうしたらいいだろうかと考えたら、結論は出家をするしかなかった。それで、お酒を飲みながらテレビを見ていて「出家しようかな」って言ったんですよ。そしたら相手の人がそれはもう嬉しそうな顔をしたの(笑)！

宮沢　アハハハハ。

寂聴　嬉しそうな顔を必死に抑えて「そういう手もあるな」だって。

宮沢　嬉しい顔を抑えている彼の態度は、寂聴さんの目にはどのように映ったんですか？

寂聴　安心しているな、と思った。それで、出家してこの人を助けてやろうと思った(笑)。

宮沢　出家したらもうその方と会うことはなく？

寂聴　出家の儀式にはさすがに来なかったけど、その日に会いましたよ。その方の奥さんが「行ってらっしゃい」とちゃんと送り出してくれて。でも、奥さんは私が出家したことをすごく喜んでいましたね。ご当人はもう亡くなったけど、奥さんと子どもとは今でも付き合っているのよ。

宮沢　女性は強いですね。

寂聴　人間はね、死ぬまで人を好きになれるし、好きになります。昨日、70歳になった男性から「私は70歳になったのにまた恋をしています。どうしたらいいのでしょう?」って手紙が来て。私は「死ぬまで人間は恋ができるから頑張れ!」と返事をしたのよ。

宮沢　寂聴さんにそう言ってもらえると心強いでしょうね。

寂聴　人間、誰か好きな人がいた方がいいわね。

宮沢　さっき、私のスタッフの人たちと、女優のジェーン・フォンダさんの話をしていたんですけど。彼女は現在80歳を超えているけれど、ものすごく綺麗で、気持ちもとっても若くて。日本では70歳を過ぎると〝おばあちゃん〟とみられることもありますけど、海外では、「マダム」と呼ばれて、いくつになっても現役でいられる気がします。

寂聴　誰かを好きになるとすぐに若い時分のように男女の関係にならなきゃいけないように思うかもしれないけれど、そんなことはないの。プラトニックな関係のまま「好き」だったら長く続きます。

宮沢　なるほど。でも、恋をすることは幸せでもあるけれど、同時に苦しみもありますよね。

寂聴　それは絶対にある。それでもやっぱり、死ぬまで誰かといた方がいいと思うわね。ただ、どうしてもその人と一緒になりたいとか、相手の家庭を壊して私と一緒にいてとか、そんなことは言っては駄目なの。そんな先のことまで取り込もうとしないで、心で好きになるだけでいい。それくらいの「好き」はある方がいいと思う。そういう相手がいる方がよい仕事もできるし。

宮沢　たしかにそうですね。私も愛する存在がいてくれることはエネルギーの源のような気がします。

寂聴　あなたは、一番好きな人と巡り合って本当に幸せそうね。良かったね。

宮沢　ありがとうございます。

寂聴　本当に良かったわね。

ご主人とお嬢ちゃんは仲良くできているの？

宮沢　ええ。仲が良いので、すごくありがたいです。

寂聴　あなたのような人に押されないでいられるというのは強い男ね。そんな人はあまりいないから大事にしなさいね。

宮沢　はい。とても大切な存在です。

寂聴　男女の好き嫌いって、他人にはよくわからないものなのね。人からは「なんであの二人が？」と見えても理屈じゃないの。

宮沢　よく「相性が良い」というときに、〝ご先祖様同士のご縁で〟とか聞きますけれど、本当にそういうことはあると思いますか？

寂聴　うーん。わからないわ。ただ、同じことを一緒に笑い合えれば間違いないわね。それから「今日はいいお天気ね」と言ったら「本当にいいお天気だね」と返してくれることね。知らん顔する人もいるでしょう？

宮沢　そうですね。

寂聴　相性が何だということは、うまく言葉では言えないし、人間だから毎日朝から晩まで仲が良いなんてことはありえないのよね。そりゃ腹の立つことも、悔しいこともあるんだけれども、たとえ喧嘩をしても相性が良いと乗り越えていけるのね。あなたたちは喧嘩はするの？

宮沢　喧嘩というほどのことはないです。でも、思っていることをちゃんと伝え合うのはとても大事なことだと思っています。

寂聴　お母様が見たら喜ばれたでしょうね。おいくつで亡くなられたんでしたっけ？

宮沢　65歳のときでした。母はもともと病院が嫌いで、全然病院へ行かなくて……。たまたま糖尿病のお薬を食事をしないで飲んでしまい、発作が起きて病院へ行ったんです。そのときに私が「この機会にほかのところも診てください」と無理やりお医者さんにお願いをしました。そうでもしないと、母を病院へ連れて行くのはとても大変でしたから。それで検査をしたら肝臓の5分の4が癌に侵されていることがわかって、「余命三ヶ月」と宣告されました。もう、本当にビックリしました。

寂聴　そんなに突然だったのね。

宮沢　それでも母は「タバコが吸えないから病院は嫌だ」、「私は抗がん剤治療はしない」と。私が「抗がん剤をしたら少しは延命できるんだよ」と言っても、「いや、そんなことはもういい。私は悔いのない生き方をしているからもう大丈夫」と言って。辛い治療を乗り越えるのは本人ですし、本人の意思が一番です。ですから、母の意思を尊重して「家で最大限のサポートをする」という形をとりました。ただ、「悔いがない」と言い切る母でしたが、亡くなる一ヶ月前くらいに、母の部屋から見える大きな桜を眺めながら「来年も桜が咲くのを見られるかなあ」って。最後の最後には「もっと生きたい」という気持ちだったのかもしれません。

寂聴　もっと生きたかったでしょうね。まだ若かったからね。

宮沢　そうですね。

寂聴　私は97歳だから、もう充分。今は、いろんな人に葬儀委員長を頼んでいるんだけど、みんなに「嫌です」と断られるの（笑）。どうしてかしら？

宮沢　寂聴さんにまだまだお元気でいらして欲しいからじゃないですか？

寂聴　〝まだまだ〟ってもう97歳よ？　毎月一度、ここで法話会をしているんですけど、そのときにも「もう今日が最後ですよ」って言うの。だから、「言いたいことは全部言いなさい」と話すと、みんな一生懸命手を上げて、いろいろなことを言うんです。だって、本当に今夜死んでもおかしくはないでしょう？

宮沢　でも、こうしてお元気で、発せられる言葉もとっても明瞭でいらっしゃいますよ。

寂聴　このまま１００歳まで生きていたらみっともないわね。

宮沢　そんなことありません！　世界一の長寿の人は１２０歳くらいでしたっけ？　まだ20年以上ありますよ。

寂聴　やめて（笑）！

生きていて、こんなに寂しいのか

宮沢　でも、「死」に対する恐怖や不安はないですか？

寂聴　それはね、出家しているからね、怖くない。ただね、生きていて〝こんなに寂しいのか〟ってこと。それにはビックリします。

宮沢　孤独ということですか？

寂聴　そう、孤独。人間はね、やっぱり孤独なんですよ。あなたは今好きな人といるから感じないでしょうけれど、あと10年も経ったら「ああ、やっぱり人間は孤独だな」と思うときがきっとくる。そのときはね、「みんな同じように孤独なんだ」と思って頂戴。決して憂鬱にならないで。

宮沢　それは、たとえ横に誰かがいてくれたとしても？

寂聴　あのね、どんなに好きな人といても、最後は孤独。同時には死ねないのだから。

宮沢　たしかにそうですね。それに、死んでからのこともわかりませんし。

寂聴　それはさすがに誰もわからないわ！

宮沢　でも、興味ないですか？　三途の川は本当にあるのか、覗いてみたい。

寂聴　私も知りたいと思ってきたけれど、何もわからない。どこへ行くかもわからない。地獄があるか、極楽があるのかもわからない。

宮沢　わからないから不安があります。

寂聴　想像しても実際とはきっと違うと思うからね。これは〝この世〟の話ですけど、昔、インドで、死体を流す川へ入ったことがあるの。ズボっと全身で入ったのよ。そうしたら、すごいパワーをもらって、そのあと半年くらいは本当に元気だった。

そこはとっても汚い川なんだけど。

宮沢　ええ。

寂聴　私は目をつぶって入ったの。川から上がってすぐに体を洗いたいと思っても、井戸や水道なんてものはない。なぜかというと、向こうの人はその川のお水が本当に大事で、ありがたくて仕方がないのね。わざわざ瓶を持ってきて、その水を家に持ち帰るくらいだから、そのありがたい川の水を〝洗う〟発想がそもそもないんですよ。結局、汚いし臭いし気持ちが悪いんだけど、そのままでいたら、そのあとから本当にパワーが続いた。

宮沢　お一人で入られたんですか？

寂聴　一緒に行った人は汚いから誰も入らなかったんだけど、カメラマンは私を写さなきゃいけないから入ったんですよ。そのカメラマンに「あなたは元気になった？」と聞いたら、「私は立って撮影していたから下半身しか入っていない。でも、家

内が喜びました」って（笑）。

宮沢 すごい話ですね！　私も入りに行きたいな。

寂聴 半年くらいは本当にすごいわよ。

宮沢 でも、半年で効果は無くなってしまうんですね。半年に一度くらい行けばいいのか。寂聴さん、一緒にいかがですか？

寂聴 嫌よ！　これ以上、元気に生きたら困るから（笑）。

宮沢 日本にもそういう川があったらいいのに。

寂聴 日本にはないわね。向こうの人は、あの川を信じているからこそ何かがあるんでしょうね。

宮沢 たしかに。死体を流すところ、お洗濯をするところ、お料理をするところがすべて同じその川なんですもんね。

寂聴 そうね。本当に汚かったけど、面白い経験だったわね。

宮沢 他に、やってみたいことって何ですか？

寂聴 やりたいことは、ほとんどしたからね。食べたいものも食べたし、〝しちゃいけない〟こともしたし（笑）。よく「死ぬときに楽に死にたい」なんて言うでしょう？

それも思わないわね。だって、やっぱりどんな死に方をするかわからないから。楽に死ぬよりも、早く死にたい。「もうけっこう」という感じ。

宮沢　そういえば、寂聴さんの秘書の方が少し前にご出産されたんですよね。そのお子さんの成長を見届けたいということは？

寂聴　見たくない（笑）！　まなほは「子どもが生まれたら私がどんなに喜ぶだろう」と思っていたんだけどね、「あなたの子どもなのに、どうして私が喜ぶのよ」って言いましたよ。

宮沢　そうですか、そういうものですか。

寂聴　もちろん誰が産んだって赤ん坊は可愛いわよ。でもね、私が産んだわけではないもの。まなほは「先生が生きている間に赤ん坊を産んであげました。早く病院へ見にいらっしゃい。抱っこしたいでしょう？」なんてことを言うの。秘書が出産して、雇い主が急いで病院へ行くなんてありえない（笑）！「抱っこさせてあげる」なんて自慢げに言うんだけど（笑）。

宮沢　可笑しいやりとり（笑）！　でも、寂聴さんの横には、それくらいのたくましい方がいいんでしょうね。赤ちゃんは可愛かったですか？

寂聴　とっても可愛い子よ（写真を見せる）。

宮沢　わあ！　0歳と97歳！　お二人ともとっても良いお顔をされていますね。赤ちゃんは、まだ背中に羽が生えているよう……。

話は戻りますけど、もうやり残したと思うことはないんですか？

書き続け、演じ続けることで雑音が消える

寂聴　食べるものや飲むものはもうないわね。着るものも、出家しているからいつも法衣でしょう？　あえて言うなら、やはり人間でしょうね。「あの人に会って、ちょっとものを言っておきたかった」とかは、この先、出てくるんじゃないかしらね。

宮沢　私は、娘が生まれたからでしょうか、10代、20代の頃より長生きをしたいと強く思うようになりました。たとえば娘が結婚をして、娘の子どもを見たいとか、もっと世の中のいろんなことを知りたいし、さまざまな景色を見たい。年齢を重ねれば欲はなくなっていくものだと思っていたら、逆に欲がどんどん出てきた。この欲がいつまで上がり続けるのか少し不安に思うときがあります。

寂聴　死ぬまで欲望というのはあるんじゃないかしらね。常に新しい欲が出てくる。あなたの場合は、普通の生活がどんなに幸福でも、役者としての、女優としての欲望は尽きることがないと思う。「もっとやりたい、もっとやりたい！」となっていくと思うわね。

宮沢　私は10代の頃から仕事をしてきて、本当に「立ち止まる」「手を休める」ということがまずなかったんですね。仕事でも恋愛でも、常に前のめりというか、自分から掴んできたという感覚がすごくあって。でも今、家族ができ、仕事を少しセーブしたことで、初めて本当に「立ち止まる」ということをやれている気がします。この時間の中で得た感覚は自分の中で様々な発見がありました。

寂聴　外国から「こっちへ来てくれ」と言われることはないの？

宮沢　お話をいただいたことはありましたね。でも、若い頃はそこに飛び込む勇気がなかった。日本でやりたい気持ちも強かったですし。それに関しての悔いはありません。

寂聴　あなたは日本で俳優としてもらえる賞はもう全部もらったんでしょう？　だったら外国よ。家族と一緒に行けばいいじゃないの「ついてきて」と言って。

宮沢　海外でやることは、それだけ多くの方に観てもらえるチャンスにつながりますね。映画や舞台など、創作に参加しているときには、一人でも多くの方に観てもらいたいとやっていますから、視野を海外に広げるというのはいいですね。

寂聴　そうよ。あなたはまだまだ賞をもらうわよ。まだまだもらう（笑）。

宮沢　いやー。でも……そういう風に思っていると実現しますものね。

寂聴　私は、くれるなんて思っていなかったけれど、どんどん賞をくれた。

宮沢　もらいたいと思っていなかったんですか？

寂聴　思っていない。私は自分の書くものが、そんなものをもらえるものと思っていないからね。だって、悪口ばかり言われているから（笑）。

宮沢　本当に良いものは、賛否両論あるものなんじゃないかなと思います。

寂聴　私の場合はもう酷かった。悪口ばっかり言われて、あんまり頭にきたから「そんなことを言う男はインポテンツで、女房は不感症だろう！」と言ってやった（笑）。そしたら、今まで黙っていた人たちからも悪口を言われるようになった。

宮沢　火に油を注いだんですね。

寂聴　言わない方がいいとわかっているのに（笑）。だって、本当に腹の立つことってあるでしょう？

宮沢　ありますね。

寂聴　事実と違うことで悪口を散々言われたときに私は「死んでしまえ！」って言っていたの。今は出家したからそんなことは言えないけどね。でも、出家する前は本当に頭にきたら「死んでしまえ！」って。私がそう言った人はみんなもう死んでしまった（笑）。

宮沢　言霊の力ですね（笑）。

寂聴　本当に腹が立つときはそう言っていたの。それでね、月刊「新潮」に書いた小説で悪口を言われてあんまり悔しいから、新潮社へ行って、斎藤十一さんという偉い編集長に直談判しようと思ったの。そうしたら、部屋にも入れてくれないで、玄関に仁王立ちして「何をしにきた？」って。だから、「新潮」に反駁《はんばく》文を書かせてくださいって必死に頼んだのよ。そうしたら「お前、暖簾を掲げて小説家になったつもりならそんな下らないことは言うな！」と怒鳴られた。「だいたい小説家なんてものは、自分の恥を書き散らしてそれで銭を取るものだ。そんなお嬢さんみたいなことを言うなら暖簾を外せ！」って。そう言い残して、さっさと奥へ入ってしまった。その言葉を聞いてからは、むやみに「死んでしまえ」と言わなくなりました。

宮沢　寂聴さんのドラマにもそのシーンがありました。すごく印象に残っています。

寂聴　あなただって、散々あることないこと言われてきたでしょう？

宮沢　はい。私も何の時だったか、「反論したい！」と母に言ったことがあります。事実と違うことが書かれた本を読んで喜んでいる人がいるのは嫌だから。ところが母は、「反論をした時点で、あなたはその人たちと同じ立場になるのよ。あなたがあなたのやるべきことをやり続けていたら、いつかそれがあなたの〝反論〟になる」と。まだ若かったから「そんなことを言っても……」と納得できませんでしたけれど、実際、〝演じる〟という自分のするべきことを誠実に続けてきたことで、母の言うある意味の「反論」はできたのかもしれません。そんな昔のこと、悪口を言った人たちは忘れているんでしょうけど。

寂聴　そう、時間がかかるのよね。だから「死んでしまえ！」なのよ（笑）。

宮沢　寂聴さんにそう言われた人はみんな死んでしまうから、言われないように気をつけないといけないですね（笑）。

寂聴　あくまでも、小説家の瀬戸内寂聴が言っているのよ。

「あの世の地図」

宮沢 寂聴さんは、51歳で出家をされる前と、出家されてからの46年間を生きていらして。どのようなことを「幸せ」だと感じますか？

寂聴 私の場合は、いい小説が書けたときね。やっぱりそれが一番の幸せ。好きな男ができて、向こうも「好き」と言ってくれたらそれは幸せみたいだけど、そんなものはずっとは続かないもの。だから、いい小説が書けたときに「ああ、生きていてよかった」と思う。私の持論で、だいたいの男女は8年くらいで飽きがきます。でも、あなたには意地があるから続きますよ。その間にまた良い仕事をたくさんして、外国まで褒めてもらいにも行くの。外国でも褒められたとき、おそらくは幸せよ。

宮沢 8年間ですか。

寂聴 男女の幸せは、両方がまったく同じように育っていったらいいけれど、別々の人間なのだから、同じようにはいかないでしょう？

宮沢 これまでの人生の出来事の中で明らかにほかのことと違う幸せは、子どもを産んだ瞬間だな、と。子どもが自分の体から出てきた瞬間に、今までに味わったことのない感情が生まれました。それまでは母の娘ではあったけれど、今度は自分が〝母〟になれたことが、とても大きかったです。

寂聴　その喜びを味わえて良かったわね。しかも、あんないい子に育って。

宮沢　できれば、もう一度、味わいたいんですけどね。

寂聴　それは欲張りというものよ。今が幸せなんだから、もう充分。それで満足しなさいよ（笑）。

宮沢　はい！　満足しています！　でも、愛って色もついていないし、形もありませんからね。とっても強いものではあるけれど、とっても儚いものでもあって。それがすごく面白いところだなと思います。

寂聴　だからこそ「愛」というものを感じるには、自分が信じる気持ちしかない。とても儚いし、とても孤独だと思います。死んでから三途の川を手をつないで一緒に渡ることもできませんからね。

宮沢　さっき仰ってくださったように、「誰もがみんな孤独」なんですね。

寂聴　死後の世界を知ったとしても孤独には変わりないけれど、私が先に逝って、みんなに「極楽はあるよ」とか「三途の川はないよ」とかを知らせたい。

宮沢　寂聴さん、是非それをやってください！　一瞬でもいいからこの世に戻ってきて「こういう世界だったわよ」とみんなに教えてください。

寂聴　あの世とこの世に通じる機械ができたら、毎日向こうから打ってあげるわね。

宮沢　「今、ちょうど三途の川を渡りきりました」とか。

寂聴　「つまらない川よ」とか。

宮沢　アハハハハ。「意外と浅いわよ」ってね。そんなことを本当にしていただけたら、死ぬことへの恐れが小さくなる気がします。母が亡くなり、年齢とともに周りに亡くなる方が増えていくのはしかたがないこととわかっています。でも、やっぱりどうなるかがわからない「死」は怖い。やりたいことがまだまだあるので。

寂聴　死ぬことを「あの世に旅立つ」って言うでしょう？　この世では、世界中のどこへ行こうとも地図があるから私たちはちっとも怖くないのよね。でも、あの世には地図がない。「あの世の地図」を発行したらどれだけベストセラーになって儲かることか（笑）。

宮沢　その地図を寂聴さんが作ってください。

寂聴　ふふふ。あの世へ行ってもまだ仕事をするのね（笑）。あなたは〝この世〟でこれからもいろんなことを経験して、ますます素晴らしい世界的な女優になってくださいね。

宮沢　ありがとうございます。またお目にかかれる日を楽しみにしています！

宮沢りえ

（みやざわ・りえ）

1973年東京都生まれ。11歳でモデルデビュー。初主演映画『ぼくらの七日間戦争』（88年）で日本アカデミー賞新人賞を受賞。香港映画『華の愛～遊園驚夢』（02年）ではモスクワ国際映画祭主演女優賞に輝く。『たそがれ清兵衛』（02年）、『紙の月』（14年）、『湯を沸かすほどの熱い愛』（16年）では日本アカデミー賞最優秀主演女優賞を受賞。2019年公開された『人間失格 太宰治と3人の女たち』で5度目となる日本アカデミー賞 優秀主演女優賞を受賞したのも記憶に新しい。舞台でも高く評価され、二度の読売演劇大賞最優秀女優賞を経て、18年には、『足跡姫～時代錯誤冬幽霊～』、『クヒオ大佐の妻』、『ワーニャ伯父さん』（17年）で、大賞・最優秀女優賞のダブル受賞という快挙を果たした。映画、舞台のほか、広告、ドラマと、幅広く活躍する。

寂庵コレクション Vol.2

あなたは、大丈夫

はじめに

必ず「今」は移り行くもの

新聞「寂庵だより」は、１９８７年1月号から、２０１７年7、8、9月合併号まで足かけ31年間発行されました。

そのなかでも読者の皆さんから長きにわたり多くの投稿を頂いたのが「相談室」です。投げかけられた人生の悩みに、一つ一つお答えしてきました。

女性の悩みはほぼすべて「愛の悩み」「家族の悩み」で、それは時代が変わっても変わりません。ただ、表面上は似た悩みでも、完全に一緒の悩みということはないのです。一つ一つが少しずつ違っているため、私の回答もそれぞれ違います。

また、同じ内容でも、受け止め方や対応に時代の変化を感じます。例えば、嫁姑の問題において、昔は嫁が堪えるほかなかったけれど、今は嫁の側が声をあげることも出来るようになりました。

なぜ、人に話せない悩みも私に話してくれるのか。それは私が小説家であり出家しているということが大きいでしょう。小説家として色々な話を知っているため、どんな話を聞いても驚かず受け止めてくれると思われるし、僧侶ですから、相談者の方は、私を通して仏様に相談しているような気持になるようです。

さまざまな悩みを聞くなかで、かわいそうで泣いてしまうことはたくさんありました。

正解がない悩み、子供の死といった、どうにも慰められない悩みの時は、ただ一緒に泣いてあげることしかできません。

色々な悩みを聞いて、人の心は表に見えるものだけではないと痛感しました。

私自身は、悩んだとしても小説に書くことで客観視し、消化できるので、人に相談はしないのが常です。

いま悩みがある方、良いことも悪いことも、それだけが続くことはありません。物事は変わる、時間は移ります。人の心も変わるものです。必ず「今」は移り行くものだから、これが最後だと思わず、どうか切に生きてください。

2020年3月吉日

瀬戸内寂聴

寂庵
コレクション
Vol. 2

あなたは、大丈夫

目次

親と子

未亡人の母が絵画教室で男性と噂に

Q 母は五十一歳。大手企業のサラリーマンだった父は、三年前に急死しました。一人っ子の私は、主人に婿養子に入ってもらい結婚しました。母と同居するつもりでしたが、母が新婚時代くらい二人で暮らしなさいと言いますので、父の残したマンションで母と別れて暮らしています。

母は社交的な性格で、父が亡くなる前からお稽古事や旅行で家にいない人でした。私は母が淋しく暮らすより、自分の趣味を持ち、楽しんで生きることは、良い事だと思ってきました。

ところが先日、知人から、母が絵画教室で知り合った男性と親密になり、噂になっているると忠告を受けショックを受けました。主人はまだ何も知りません。早く母と同居したほうがいいでしょうか。

（大分県　M美・二十九歳）

A　まず、お母さんと率直に話しなさい。あなたの恥しさや、お母さんの本音について。その上で、お母さんが一人で暮らす方が幸せというなら、今のままでいいではありませんか。五十一歳というのはまだ若くて、これからの新しい人生があっても不思議ではありません。

そういう性格の人は、無理に同居して閉じ込めても欲求不満がたまるでしょう。親と言えども人格は別です。お母さんが恋人を作るのは自由で、その結果はお母さんが責任をとればいい。あなたが困るのは、世間体からとか、死んだお父さんに対して気の毒と思うからでしょうが、未亡人は、こうあらねばならないという考え方に囚われなくていいと思います。

四十八歳で夫に急死されたお母さんの淋しさを、自分の身になって考えてあげなさい。

トラブルメーカーの母に振り回される

Q　老人ホームへ母を迎えに行った私は、あまりにもどぎつい派手な洋服と濃い化粧をみて呆然としました。安いキャバクラのようなピンクのフリルロングドレスに。むせかえる安香水の匂い。これではホームの人に出てくれと言われるのも無理はありません。私が車のトランクに母の荷物を詰め込む間も、母は見送りの男性入居者二、三人の手を取り、肩をふれ合わせ、「あなたを忘れないわ」などと小声でささやき合っています。そんな母は職員や女性入居者から総スカンですが、男性入居者からは絶えず誘われ、恋愛トラブルさえ起こしました。

私が一人息子をつれて夫と離婚するはめになったのも母が原因でした。当時夫、私、赤子、母との四人で暮らしていましたが、自分だけの好物を並べた食事を三度三度作れだの、スケスケのネグリジェで一日中すごしたり、夫の仕事関係の電話を勝手に切ったり。私の産後の面倒もまったく見てはくれず、夫の給料で自分の欲しい洋服を買っては近所の老人男性と遊び歩く……夫はそんな母と諍いが絶えず、そのうちとうとう外に女ができて、子供まで生まれ、離婚したのです。どの老人施設でも必ず問題を起こす母の心を安定させ、他人に迷惑をかけないためにはどうしたらいいでしょう。

（東京都　N子・四十二歳）

A　本当にひどいお母さんですね。観点を変えれば、何とたくましい生命力の盛んな老人かと羨まれもしますが、当事者のあなたは、そんなのんきなことも言っていられないでしょう。現在のあなたはどうやって暮しをたてているのか知りませんが、お母さんの老後は人ごとではなく、やがて必ずあなたにも訪れる老いの問題です。その時、親一人子一人のあなたは、お子さんの重荷にならないとも限らないのです。お子さんの重荷にならない老後の生活設計を真剣に考えることが常軌を逸したお母さんにふり回されることよりずっと切実な問題です。今からでもお母さんに恋人ができればその人にお母さんの相手をしてもらって、あなたはお母さんから身をひいて、自分と子供のために、今、幸福になるよう努力すべきです。人は誰かの犠牲になる義務などないと私は思います。人は幸福になるために生れ、生きているのです。

ただ、こういう話は一方的に聞いてもわからないところがあります。お母さんにはお母さんの言い分があるのかもしれません。それを一度じっくり言わせてみるのも一つの方法でしょう。

定年退職した父の面倒を見ているが、時々憎たらしくなる

Q

私は看護師をしている三十三歳になる独身女性です。

私の母親は私が中学二年の時、胃癌で亡くなりました。一人っ子の私は、タクシー運転手をしている父親とずっと二人暮らしをしてきました。

父は、母が生きていた頃から遊び好きで、当時はやりのボーリング場などに通い、たくさんのお金を使い、母を困らせていました。

亡くなってからはさらに遊びがひどくなり、ゴルフ、マージャン、女性関係と限りがなく、サラ金にまで手を出し、五百万以上の借金を作ってしまいました。仕方なく、私が借金を払いました。それからも度々、サラ金に手を出しては私を困らせます。

看護師として働いてきた私の貯金は少したまると、父親の借金の穴埋めに消えてしまいます。

二年前、父はタクシー会社を定年退職しました。今は年金生活ですが、年金はほとんど父の小遣いに消えてしまい、私が生活を支えています。

最近、近所の心やさしい未亡人と知り合い、今までの行いを改め、多少は真面目に暮らすようになりました。

しかし、生活費を出している私は「昔のことはしょうがない」とうそぶく父を時々むしょうに憎らしくなります。

中でも許すことができないのは、私がやっとお金をためて買った車でゴルフへ行き、その帰りにその車の中でセックスをしたことを知ってしまってからです。

周りの同僚たちは皆結婚していきます。私だけがこれからも父の借金の穴埋めをしながら一生を終えてしまうのではとむなしくなります。

今後、父に対してどのように接していけばいいのでしょうか。（熊本県　E子・三十三歳）

A

お父さんとはこの際、別居しなさい。

もう、これ以上面倒はみれないとはっきり宣言し、あなたが今の家を出て自立することです。憎みながら一緒に暮らすより、離れてできることをした方がいいでしょう。

幸い、お父さんには未亡人の彼女もできたようですし、その人と再婚してもらってはいかがですか。

お父さんの浪費癖、遊び癖はおそらく治りません。これからもまた、あなたの貯金をあてにしてサラ金に手を出すかもしれません。今後は、一切、借金の穴埋めはしないことです。年寄りだからといって甘やかす必要はないのです。お父さんはまだ六十二歳です。まだまだ働けます。私は七十四歳ですが（註：執筆当時）、夜も寝ないで、身を粉にして働いています。お父さんにも自分で食べるぐらいは働いてもらいなさい。それがいやなら老人ホームへ入ってもらうよう、感情的にならず、冷静に自分の考えを訴えなさい。

お母さんが亡くなったのは運命です。あなたも人生の半分を過ぎました。これからはあなたの幸せのために強く生きて下さい。応援しています。

大学病院で亡くなった母、献体に今でも後悔している

Q 父親、母親ともに、大学病院で、亡くなりました。

三年前、父親が死んだ時、病院側から、献体をして欲しいと言われましたが、断りました。生前、父親は、そんな希望を口にしたことなど、一度もありませんでした。

しかし、断ると、死後の父親に対する病院側の扱いは、とても、ひどいものでした。

それから、二年後、同じ病院で、母親が亡くなりました。そして、やはり、献体をして欲しいと言われました。私は父親の時の情けない思いがよみがえり、つい、母親の身体を献体することを承諾してしまいました。病院側の母親に対する扱いは、父親の時とは打って変わって、とても親身で丁寧な扱いでした。その時は、献体してよかったと思いました。

しかし、最近になって、とても、後悔しています。

母親が、献体を望んだわけでもないのに、なぜ、勝手に承諾してしまったのか。母親は、あの世で苦しみ、私を恨みに思っているのではないか。

今さらながら、後悔している毎日です。

ちなみに、私自身は、献体をしたくありません。


（栃木県　E子・五十一歳）

A　あなたは、優しい人ですね。親孝行で優しい人ほど、親御さんを亡くした時、後悔の念にさいなまれるようです。
お母さんの意思に関係なく、献体をしてしまったということですが、そのことで、お母さんは、あなたを恨みに思ったりはしません。仏様は、恨みがましいことなど、決して、言わないものです。亡くなったお母さんはもう仏様ですからね。

また、献体をしたお母さんが、あの世で苦しむことなどありえません。お母さんの身体は、医学の進歩のため、世のために、貢献し、役立ったのです。そんな善行をなした人が、あの世で苦しむはずがありません。ですから、あなたは、献体したことを悔やむことなどないのです。そして、あなたは、献体をしたくないということですがこれもまた、ごく自然な感情で、したくなければしなければいいのです。

実は私も、献体をしたくないのです。

また、そのうち考えが変わるかもしれないけれど、今は嫌です。それで、いいのです。

あなたも、無理はせず、自然体で生きればいいのです。

亡くなったあなたのご両親は、親孝行をしてくれたあなたの幸せを心から祈り、あなたの守護神となり、あの世から、見守って下さっています。

祖父からの遺産を受け取らなかった父

Q どうしても好きになれない父親（七十八歳）のことで相談します。

父親は、私の幼い時、失業。金を持ち帰らない父親のために、一人っ子の私は辛酸をなめさせられました。

三十年前、父方の祖父が亡くなり、それを知った母親は、父親に、遺産をもらうように勧めました。

父親は、三男坊ですが、実家は三千坪もの土地を持ち、農家をしていました。

しかし、父親は母親の意見を頑として退け、「わしは土地はいらん」と言い通し、結局、自分の取り分はもらいませんでした。

父親の実家は、今、私の従兄弟が引き継ぎ、広大な土地に住んでいます。農業などはせず、土地の一部にマンションを建て、そのあがりで優雅に食べています。

一方、うちは、借家暮らし、その格差に、我慢がなりません。あの時、父親が自分の取り分を取ってさえいれば、私もそれを売り、家の一軒でも買えたのに！

そんな父親の面倒を見るのは、嫌です。たとえ呆けても、一切、面倒は見ない、とはっきり面と向って言ってやります。

父親も、こんな鬼娘に、面倒は見てもらえないと思い知っているせいか、皮肉にも頭も呆けず、いたって元気です、

どうしても好きになれない親との関係は、どうすればいいのでしょうか。

（徳島県　H子・四十五歳）

A

なぜ、お父さんが、実家の土地を裁判して取らなかったのか。それは、自分の生れ育った家に愛着と誇りを持っているからです。

あなたのお父さんは、実家で育ったそうですが、長男はともかく、次男、三男は、生れてすぐ、養子に出されることも多かった時代です。貧しさゆえ、親は、自分の手で、子供を育てられなかったのです。そんな時代に、三男坊の自分を養子にも出さず、育ててくれた両親に対し、お父さんは口には出さずとも感謝の思いと愛とを抱いているはずです。

ですから、たとえ、自分の相続権利はあったとしても、生家をばらばらにしてしまうのは、しのびなかったのでしょう。そのお父さんのお気持ちはよくわかります。

三十年前といえば、たとえ法律上、権利があるとはいっても、兄弟の間に弁護士を立てて裁

判で闘うなど、考えられませんでした。

しかし、時代は大きく変り、今では、弁護士の仕事のほとんどは、遺産相続の揉め事だそうで、子孫に美田を残すなとは、よく言ったものだと思います。

欲のないあなたのお父さんは、極楽浄土に行かれることでしょう。あなたの怒りもわかりますが、お父さんの命も、もう長くはないと思い、昔のことは忘れて、優しく接してあげて下さい。

転落する我が子

Q 今年三十歳になる娘のことで相談いたします。
小学、中学と成績優秀で礼儀正しく素行もよくいつも担任の先生からおほめの言葉を頂くような優等生でした。中学生の時は生徒会の副会長までつとめ、母親の私にとっては、それは自慢の娘で、どれほど娘の将来に期待をかけていたことか。

それが、ちょうど高校生になったころからでしょうか、ことあるごとに反抗的な態度を取るようになりました。

そして大学に入り、中小企業の会社のＯＬとして就職したのですが、二十八歳で、親には何の相談もなく辞めてしまい、以来、アルバイトをしたりしなかったり、現在はぶらぶら遊んでいるような状態です。

昼ごろ、もぞもぞ起きてきては、ふらりと出て行き、夜中近くにお酒の臭いをさせて帰ってくる娘の背に、「一体どういうつもりなの」となじっても、どこ吹く風と知らん顔、返事もせずに二階へかけのぼります。もう何を言ってもこちらがきりきり舞いをするだけ、から回りなのです。主人は、まるで石に向かって話しかけているようだとうなだれています。

娘が幼い頃から私は外で働き、淋しい思いをさせたこともありましたが、その分、ピアノもバレエも娘がしたいとせがむ習いごとには充分お金をかけてさせてやることもできたのです。

娘がこんな風に変わってしまったのには、何か因縁めいたものが作用しているのでしょうか。それとも私の育て方が間違っていたのでしょうか。

（岡山県　Ｋ世・五十三歳）

A

因縁など全く関係ありません。あるとすればあなたの育て方に問題があったのでしょう。

因縁などという言葉にまどわされていかがわしい新興宗教に入信させられないように気をつけなさい。

おそらく幼い頃の娘さんにとって、キャリアウーマンとしてバリバリ外で働くお母さんはとても自慢だったに違いありません。そして娘さんは、お母さんにあこがれ、お母さんのようになろうと懸命につとめたのでしょう。だからこそ、娘さんは小学、中学を優等生として通したのです。

けれども、しだいに自立心の芽ばえ始める高校生のころから、娘さんは能力の限界を感じはじめたのです。とてもお母さんにはかなわないと思いはじめた。そのころから娘さんの心の中に、お母さんに対する愛情の裏がえしとして憎しみが芽ばえはじめたのだと思われます。

寂庵にもよくそういうお母さんが相談にみえます。この間もいらっしゃいましたが、お母さんのお顔を拝見するとすぐわかります。皆一様に頭の切れそうな魅力的なお母さんなんです。その横で、三十歳ぐらいの娘さんがおびえた表情でお母さんのそでをしっかり持って離さない。反抗期を通り越して、精神年齢が五つ六つの幼児にまで後退してるんです。お母さんは娘さんをもてあまして仕事にも行けないとなげいていらっしゃるのです。それも困ったものですね。

あなたは今まで何でもこなせるキャリアウーマンとして通してこられたけれど、よく考えてごらんなさい。娘さんの心ひとつ自由にすることができない。そんな非力な親だと認めたうで、娘さんを責めるばかりでなく、かわいそうな娘だというたわりの気持ちで接してごらんなさい。そして、ただ、娘さんの幸せを願って祈りなさい。いずれ、あなたの気持ちが娘さんに通じ、心が解きほぐれる時がくるでしょう。

参考になる本として「パーフェクトウーマン〝完全な女〟の告白」（コレット・ダウリング著・拙訳　三笠書房刊）をご紹介します。ぜひ読んでみて下さい。

十七歳から二十五歳の今まで引きこもりの息子

Q 今年二十五歳になるひとり息子のことで相談します。

息子は高校から登校拒否をするようになり、そのまま中退、十七歳からずっと部屋の中に引きこもったままです。

風呂も入らず、服も着替えず、カーテンを締め切った薄暗い部屋の中で、一日中すごしています。たまの外出といえば、新しいゲームソフトが発売された時だけ、そのお金を渡さないと、親に向かって殴る蹴るの暴力です。

小さいころから素直で聞き分けがよく、手のかからない子でした。小学校の時から優秀で、有名私立中学から国立の付属高校にまで進学したような自慢の息子でした。それがどこでどう間違ったのか、真剣に話し合おうとしても、ろくに顔もあわさず、口もききません。夜昼が全く逆の生活で、私ども夫婦が寝静まったころ、ごそごそと起き出し、冷蔵庫の中からおかずを取り出し、ご飯を食べ始めます。

今から思えば、高校二年の秋、学校の実力試験で予想外の低い点数を取った時、「こんなことでどうするの、お父さんみたいになれないわよ」とかなりきつく叱ったことはありました。夫は大学教授です。夫のように立派な人格者となるよう、教育するのが私の仕事だと思っていました。しかし、そのことがきっかけで登校拒否になったのです。

それから八年もの間、引きこもり続けています。夫は、おまえの育て方が悪かったのだと一方的に私を責めます。

こんな状態がいったいいつまで続くのか、息子にはかなり期待をかけていただけに、本当に裏切られた思いで、情けないやらくやしいやら、毎日を地獄の思いで暮らしています。

いっそ息子を殺して自分も死のうかと思いつめています。
（東京都　S香・五十一歳）

A

さぞおつらいこととお察しします。

けれどももっとつらいのは、八年もの間、引きこもり続けている息子さんの方ではないでしょうか。

ご両親の期待に応えるために、小学校の時から中学、高校と、自分自身をかりたてて、精一杯がんばってこられたのだと思います。

それがほんのささいなことが原因となって、彼自身のアイデンティティを崩してしまった。彼には、優秀で人から賞賛される自分以外は受け入れられなかったのでしょう。そんな風にご両親に教育されてきたからです。

この世での本当の幸せとは、社会的に名誉や地位を獲得することでは決してありません。「自分は完全な人間ではない、完全からは程遠い、しかし、それでもいいではないか、どうして悪いのか、自分は自分だ」と自分で自分にＯＫを出すこと。言い換えれば、究極のゴールは、あるがままの自分自身を受入れ、自己尊敬を持つこと、自分が完全になり得るという思い上がりを棄てる時こそ、自分自身を愛する安らぎに満たされるのです。

息子さんの家庭内暴力は「なぜ、僕の気持ちをわかってくれないんだ、なぜ、受け止めてくれないんだ」という悲鳴のように思われます。

息子さんが、話し合いに応じる気配がないなら、毎日手紙を書いてもいいじゃないですか。「もっとしっかりしろ」とか「これからどうするつもだ」とかいう叱咤激励は禁物、エリートを目指す息子さんではなく、今のありのままの息子さんを認め。愛しているんだということを示してあげてください。

今こそ、息子さんはご両親の本当の愛情を求めているのです。

十六歳の娘が援助交際

Q うちの娘（十六歳）のことで、相談します。

家ではごく普通の娘で、進学校へ通っています。先生の受けもそれほど悪くなく成績も普通です。

しかし、この頃、娘の持ち物がとても高価なものになっているのに気づきました。買い与えた覚えのない服やバッグ、小物入れをもっています。

それほど高価ではないにしろ、うちからあげる一ヵ月二万円のお小遣いでは絶対買えないものばかりです。「援助交際」という言葉が頭をよぎり、娘を問いただしましたが、「そんなことはしていない。ちょっとアルバイトをしただけよ」と言い張りました。

どうしても娘の言うことを信じられない私は、思い切って興信所に娘の素行調査を頼みました。一週間後、興信所の職員がもって来たビデオテープを見せられ、腰を抜かしそうになりました。そのビデオテープには、娘が中年男と街中で待ち合わせ、そのままカラオケや喫茶店へ行く場面が映し出されていました。唖然として声の出ない私に、興信所の人は。

「まだましですよ。娘さんは男とホテルへ行ったわけじゃないし。私の見たところでは、娘さんは、男とお茶やカラオケをつきあって、それでお小遣いをもらっているだけですよ」

と慰めるように言いました。しかし、娘の逢う男というのは、いつも同じ男ではなく、テレクラで知り合った不特定多数の男なのです。

娘は外泊をしたことはありません。遅くとも夜十時には必ず帰ってきます。ビデオテープに映っていた娘は化粧をしていましたが、帰宅する娘は素顔のままです。

私は娘に何と言って叱ればいいのでしょう。

（東京都　S子・四十五歳）

A　以前、私がNHKの『未来潮流』という番組に出た時、ちょうど娘さんと同じ世代の少年少女たちと話す機会がありました。援助交際やいじめの問題について、本音で互いの意見をかわし合うという番組でした。

「援助交際して何が悪いのよ。自分の身体を売るだけで誰に迷惑をかけているわけじゃなし。人の勝手じゃないのよ。売る方ばかりを責めないで、買う男たちを責めればいい」

と茶髪のつっぱり少女がいいました。かわいい顔をした稚ない感じの少女でした。

「そうね、あなたの言う通り」と私は言いました。

「でも、あなたはそんなにかわいい顔と健康な体を持っているのに、たかがお金のために、自分の身体を傷つけるのは馬鹿らしいじゃないの。そんな金で女を買うような汚いオジンに自分を売るのは、もったいないと思わない？　性病でも移されたらどうするんです。もっと自分にプライドをもたなければ」と言うと、一応納得してうなずいています。

「本当に好きな相手が出来た時、しまったと思っても遅いのよ」

というと、すでにしまったという顔をしているのです。頭ごなしに子供を叱っても、子供は聞く耳をもちません。相手が何を言いたいのか、何に不満をもっているのか、まず、それを言わせること。そして、その子供のいうことを聞くことからはじめることです。

その上で、子供と対等に話すのです。大人は皆、上から物を言いすぎます。目線を同じにしてフランクに聞くことです。

娘さんにも非はありますが、今の家庭も教育現場も社会も崩壊しています。世の中は生きるに値すると感じさせなければならないのに、生きるに値しないと、子供たちに思わせるのが今の世の中です。娘さんばかりを責められません。

これを機に、娘さんと目線を合わせ、じっくりと話し合う機会を持たれてはいかがですか。

長男はできるのに次男は……

Q 家庭内暴力をする次男（十八歳）に悩んでいます。
次男は小さい時から、粗暴で、勉強嫌い。私は学校に呼び出されては先生に怒られてきました。それに比べて、長男（二十歳）は勉強もよく出来、学校の先生からいつもお褒めの言葉を頂き、私にとっては自慢の息子。一流大学に行っています。

ところが、次男は、高校中退後、仕事を何度も変え、今は家に引きこもり状態。「これからどうするつもり？」と私や夫がとがめると、家中の物を壊し始めるのです。

昔から、長男と次男を比較してきた私たち。

それが原因なのでしょうか。


（千葉県　N子・五十歳）

A

毎日のように悩み相談のお手紙を頂きます。

若い人の悩みで、一番多いのが「自分を嫌いだ。何をしていいのかわからない」というお手紙です。

なぜ、未来ある若者が自分を嫌いなのか。

それは、親から絶対的な肯定を受けていなかったのが原因のひとつだと私は思います。

私が幼い時、五つ違いの姉は、色白で可愛く、皆から可愛がられたものです。でも、私は、年中おできに悩まされる包帯だらけの子供で「はあちゃんは、色も黒いし、鼻も低い」とよく、近所の人から言われて、子供心に傷つきました。

ある時、洗たく鋏で鼻をつまんで寝ている私に気づいた母親は、私を見て、「はあちゃんは、鼻が低いからかわいいんよ。色が黒いから肌のきめが細かいんよ」と言ってくれました。そして、「お姉ちゃんより頭はずっといい」と褒めてくれました。母の言葉で、私は自信を得ました。

以前、弁護士の中坊公平さんと対談した時、お母さんの話が出ました。中坊さんは、小さい時、ずっと成績が悪かったそうです。でも、そのことで両親からとがめられたことは一度もなかった。中学二年の時、突然、一番になった。その時、お母さんは「あんたはもともと賢かったんや。ついにその才能が出た」と褒められた。でも、次の年は、全体の半分ぐらいのところにまで落ちてしまった。その時、お母さんは「何でも中庸がええのや」と言われたそうです。「母親はいつも自分を肯定してくれた。それで自分は自信を得た」と中坊さん。

いつも出来のいい長男と比較されて育った次男さんは幼心にどれほど傷ついてきたことでしょう。どんな子供でも、褒めるべきところは必ずあります。今からでも遅くはない。何か褒めるところを見つけて、次男さんを大きく肯定してあげて下さい。家庭内暴力は自分を愛して欲しいという思いのサインかもしれません。

万年講師でいまも実家に暮らす体たらく

Q 僕は幼いころから勉強が好きで、学者になるのが夢でした。私学の大学から大学院にまで進み、そのまま、講師から、准教授、教授の道に歩みたいと思っていましたが、万年、講師止まり。毎年、論文を提出しているのですが、今一、いい評価が得られません。講師では、年収が低いので自立できず、実家で暮らしています。

私としては、もう一度、いや、何度でも、トライして、いい論文を書き、自分の能力を学界に認めてもらいたい。両親も、私のことを理解してくれ、書籍代などの援助を惜しみなくしてくれています。

しかし、いい年をして、実家に暮し、年老いた両親に食べさせてもらっている自分を顧みる度、自分の道は、問違っているのではないかと研究に燃える心も萎えます。すでに就職、結婚して家庭をもっている同級生に会う度、焦ります。

いっそ、研究など放り出し、就職をするべきなのかと迷っています。

（京都府　U男・三十五歳）

A

好きな学問を研究し続けるのは、大変なことと思います。あなたの両親を思いやる優しい心持ちも、文面から、痛いほど伝わってきます。

先日、ノーベル賞物理学者の益川敏英さんと対談をしました。とても魅力的な方で、本当におもしろいお話をお伺いしましたが、その中で、益川さんは、「努力しなくても作業できるものを探すということが大事だと思う」とおっしゃっていました。「僕には、物理や数学を勉強するという意識はなかった。刻苦勉励してやらなければならないようなもので、成功するはずがない。僕は気がついたら自然に熱中して作業をしてしまっている」と。まさに、そのとおりで、研究も芸術も、一に才能、二に才能、三、四がなくて五に才能です。

幸いにして、あなたは、自分が、努力しなくてものめりこめる研究をもっている。そのことが、あなたの才能。好きな研究を日々、出来るというのはすばらしいことです。

人は自分がだめだと思った時、だめになるものです。年をとったなと自分で老いを感じた時、その年になるのです。ですから、どんな時にも、決して、絶望しないで下さい。あきらめてはいけません。わが道を行きなさい。

些細なことに右往左往せず、心を揺らがさず、本当に、自分のしたいことを懸命にしていけば、必ず、道も開けます。この歳まで生きてきて、私の達観したことは、その事実です。

三十五歳の一人息子がいつまでたっても結婚しない

Q 一人息子がいつまで経っても結婚しません。三十五歳を迎えて独身の息子に、定年退職して家にいるようになった夫は、「お前が甘やかしすぎた結果だ」と、責任のすべてを私に押し付けます。小さい頃から、皆から好かれる気持ちの優しい素直な子で、中学の担任から、男はもう少しガッツがあったほうがよいと言われた以外、親に心配をかけるようなこともなく、大学卒業後は地元の有名企業に就職して無難に勤め上げてきました。髪の薄いのは父親譲りですが、もっと見た目の悪い子でもどんどん結婚するのに、なぜ息子だけに嫁が来ないのか不思議でなりません。

当人が引っ込み思案なら、親が代わって婚活でもお見合いでも積極的に用意しなければ、いつまで経っても道は開けない、孫だって授からないと親身に言ってくれる友人もいますが、親があまりでしゃばるのも果たして息子のためによいものなのか……。何か良い方法はないものでしょうか。

（兵庫県　O子・六十三歳）

A 病気もせず、非行にも走らず、いまどきもったいないほど良い息子さんではありませんか。それでもさらに心配なのが、親子の情愛というものなのでしょう。私の周りにも、結婚しない男女が溢れています。何時のまにか適齢期という言葉を聞かなくなりました。人口減少が社会問題化するようになって、子育てに良い環境を真剣に考える風潮が生れたのは結構ですが、当事者同士が一夫一婦の結婚制度にあまり乗り気でなくなってきたとしたら問題ですね。都市化や豊かさからここ数年で男女関係は大きく変わってきました。親と子の価値観のギャップは想像をはるかに超えてしまいました。人は何よりもまず平和に食べて生きてゆくために家族をつくり、一夫一婦の結婚制度を選び取ってきた長い歴史があります。それでも、人がつくったものに欠陥は付き物ですから、もしそれが現代に適合しなくなったら、無理して制度にあわそうとするのではなく、一人一人が幸せになる新しい道を選ぶことが大切だと思います。

親の善意がかえって子に迷惑を及ぼし、溝を深める例は日常よく見ます。一方で、パラサイトやひきこもりは困りますから、両親の心配をそれとなく伝えて、少しずつ自立を促すのがよいでしょう。

クラスメートからのいじめが止まらない

Q 級友から、陰湿でしつこいいじめを毎日のように受け、悩んでいます。

クラス全員からではなく、ごく一部の四、五人の男女グループです。私と顔を合わせるたび、「きたない」とか「においがする、くさいからあっちへ行け」と顔をしかめて罵倒します。

私は毎日、お風呂に入り清潔にしていますし、制服も少し汚れたらすぐクリーニングに出し、いつも折のついたスカートをはいています。そんな汚ない言葉を投げつけられるいわれはないのです。

近頃は、私に対するいじめも次第にエスカレートし、放課後、彼らに度々呼び出されるようになりました。「うっとうしい奴」と吐き捨てるように言いながら男子生徒の一人が、私の腰をいきなり蹴りつけ、思わずうずくまったところを女子生徒から頭や肩をこづいたり踏みつけられたりさんざんな目に遭《あ》いました。

以来、どうしても学校へ登校する気にはなれず、朝、お弁当を鞄につめ込み、行ってきますと家を出て、夕方まで公園や図書館でひとり過ごします。

高校受験を目前に控え、参考書を広げ、さあ、勉強をしなければと意気込みますが、内申書では試験内容よりもむしろ出席日数が一番重要視されるのです。

こうして学校にも行かず、ひとり孤独に勉学に励んだところで出席日数が甚しく悪い、不真面目だという理由をつけられ受験にも失敗するのではないか、高校にも行けないのではないかと夜もろくに眠られず、死を考えることすらあります。

親にはまだ何も言っていません。親や学校に知れ、あのグループ達に私が言いつけたことが知れれば、私は一体どんな目に遇わされるのか、それがただ怖くておそろしくて何も言えないのです。

（大阪府　M江・中三）

A

あなたの担任教師はおそらく、あなたが度々、その不良グループたちからいじめを受け辛い思いをしていることを少なからず感づいているはずです。

にもかかわらず、それが原因で学校へ登校してこないあなたに対し、何の手もさしのべず、不良グループたちに何ら注意も与えず、野放しにしておくとは一体どういうことですか。信じられない。

昔はそんな陰惨ないじめなど見たことも聞いたこともありませんでした。多少、いじめる子はもちろんいましたが、いじめる子がいれば、その子に対して必ず立ち向かい怒る生徒がいました。

すべて学校の責任です。何の抵抗もしない子によってたかって踏んだり蹴ったり平然とやってのける生徒を産みだした学校の責任です。教師達がそれこそ命がけで団結し、不良グループ達に立ち向かえば、いじめに遭っている生徒の一人や二人、いくらなんでも救えるでしょう。

あなたは、問題が大きくなり、さらに不良グループたちのいじめがエスカレートするのではないかと恐れているようですが、勇気を出して、まず最初に今までの経過をすべて両親に報告しなさい。このままでは私は殺されると。今まで、他の学校でもいじめに遭い殺された生徒も、それを黙殺した生徒も数知れないのです。

私は、ああはなりたくない、助けて下さいと両親と共に校長にかけ合い、教育委員会に訴えなさい。不良グループ達を退学させないなら、自分を転校させてほしいと正直に言うことです。

仲が良かったのに今はいじめに

Q 女子高校生です。

仲が良かったグループでいじめに遭い、学校へ行くのがつらいです。先生に訴えてもいじめっ子たちの耳に入れば余計にいじめられます。親に言っても、「自分がしっかりしていればいい」とか「やられたらやり返せばいい」という答えが返るだけです。誰のことも頼りにできません。人生がむなしくなり自殺も考えています。

（東京都　Y・十七歳）

A どんなことがあっても、いじめに負けて「自殺」だけはしないで下さい。自殺すれば、いじめた連中の思うつぼに入ったことになります。

いじめなどする人たちは、ほんとうは自分に自信のないコンプレックスの固まりなのです。自分の愚かさや弱さをかくすため、強がったふりをしている情けないあわれな連中なのです。あなたの方が彼等よりずっと立派な優秀な人物なのですよ。

たまたま七月二十五日、朝日新聞に乙武洋匡さんの「いじめられている君へ」という文章がのっていました。乙武さんは先天性四肢切断という障害で生まれた時から両手、両足がありません。それでも立派に育って、誇り高く生き、障害は不自由だけど不幸ではないと言いきって、小学校の先生をしたり、スポーツ記者として生活し、結婚もし、二人の子の父親になっています。

寂庵に来られ対談したこともあります。明るくて、それは気持のいい人でした。

乙武さんは書いています。今すぐ出来ることは、受けたいじめをノートにくわしく書けと。「書けば気持ちが整理できる。何がつらく、自分がどうしたいか、どうしてほしいかが見えてくる。問題がこじれたときには、君を守る証拠にもなる」と書いています。

「生きよう。学校は休んだって転校したっていい」と言っています。私も全く同じ意見です。負けないで下さい。いじめる人たちより、あなたの方がずっと、ずっと立派な人間なのですよ。いつでも寂庵へいらっしゃい。あなたを抱きしめてあげたい。

東京で二世帯住宅に住もうと息子に言われるが

Q　つい先年、夫を見送り、気楽な一人暮しをしています。今年で六十七歳になります。

相談と申しますのは、息子夫婦との同居についてです。夫を見送った時から出ていた話ですが、「お母さん一人では何かと不自由だろう。この際、思い切って東京に出てこないか」と息子がしきりに言うのです。もちろん、私も孫たちに囲まれてのにぎやかな生活にあこがれないではありません。息子は、今私が住んでいる家、土地をすべて売り、その金で東京に家を買おう、そして今はやりの二世帯住宅にして、一緒に住もうと言うのです。

私は、東京に住んだことはありません。住み慣れたこの土地を離れるのは不安でもあり、長年の友達と別れることになり、今ひとつ踏み切れません。

東京で新しく買う家は、あとあとの税金対策のためにも、息子の名義にしてほしいと言います。

息子がそう言ってくれるうちに、同居しておいた方がいいのでしょうか。

（岡山県　K・六十七歳）

A　仮に同居されたとしても、家の名義は息子さんのものにしない方がいいでしょう。
　息子夫婦から同居しようといわれて、成功した話を、私は、ただのひとつも聞いたことがありません。同居はしたけれど息子夫婦と気まずくなった。けれどもうっかり全財産を息子に手渡してしまったばかりに、どこへも行くに行けないというような悲惨な話が多いのです。

　子供は、今、新しい家が欲しいものだから、何としてもうまく言うものです。それをすべて鵜呑みにしないことです。大抵、息子は嫁さんの言いなりです。

　お金はしっかり自分が握っていて、一人暮しを気ままに楽しみ、たまに孫が来たらお小遣いをたっぷりあげたりするぐらいがいいと思います。

吃音のひどい息子を好きになれない

Q　五歳になる息子のことで相談します。
どうしてもこの子を好きになることが出来ずに悩んでいます。

動作がのろく、ご飯を食べるのも遅く、早く片付けなさいと何度注意しても言うことをききません。

近所の友達と遊んでいても、いつも服従的です。「そこのスコップ取れ」などと命令され、言いなりに取ってやったりしています。

それに比べて二歳年上の長女は、機敏で行動が素早く、返事もはきはきしています。友達にもリーダーシップを取り、見ていて気持ちがいいのです。

つい比べて叱ってしまいます。私の厳しいしつけが原因なのか、息子が近ごろ吃《ども》るようになりました。はじめのうちはさほど気にはならなかったのですが、注意を促すとますますひどくなるようです。

長女は童話を読むのが大好きで、学校でも先生から朗読の上手さをほめられています。

長女の読み方を見習うようにと一緒に朗読をさせていますが、全然よくなりません。

近ごろは、ほんの少しの言葉を話すのに身体に力を入れ、首を振ったり、腕を振ったりして力んで話すので、見ているといらいらし、つい怒鳴りつけてしまいます。思わず手が出てしまうことも少なくありません。

主人は、仕事仕事で育児にはほとんど関心を示してくれません。

近ごろ、息子はすっかり無口になり、暗い顔でいることが多くなりました。

ますます息子のことを好きになれずに悩んでいます。


（愛媛県　E子・三十三歳）

A

息子さんの吃音をひどくさせたのはお母さん、あなたです。

あなたの関心のすべては息子さんの一挙一動に注がれ、ほんの些細なことをも暴きたてている。それでは子供は萎縮するばかりで成長しません。

息子さんの欠点は視点を変えれば長所ともなるのです。多少動作の遅いのは、じっくりとよく考えてから行動するせいでしょう。母親の言葉に耳も貸さず、遊びに熱中するのは集中力のある証拠です。怒鳴りつけるほどのことでしょうか。娘さんとの比較など絶対にしてはいけません。

五歳といえば、言葉をおぼえ、話すのが楽しくてならない時です。息子さんなりに言葉を捜しながら、表現しようとしているのですから、すらすら言えず多少吃っても心配はありません。

それをあなたがことごとく注意し、「この子はおかしい」という視線を息子さんに浴びせることによって、息子さんは「僕の話し方はおかしいんだ」と思い込み、萎縮し、言葉使いを意識すればするほど、吃音がひどくなっていったのでしょう。

あなたが改めなければならないのは、息子さんへの過干渉です。

息子さんの短所をあら捜しするよりも、まず息子さんの長所を認め褒めてあげることです。叱られて伸びる子はありません。

息子さんを好きになれないとありますが、あなたたち夫婦はうまくいっているのですか。無意識のうちにご主人への不平不満を息子さんに投影し、ぶっつけてはいませんか。

息子さんの吃音については、一日も早く専門医につかれることをお勧めします。

知的障がいのある長男

Q 小学校三年になる長男には知的障がいがあります。学校では特殊学級にいます。他の子とは言葉も動作も違います。スーパーで人目をはばからず奇声をあげたり、走り回ったり、とにかく手がかかる子です。

夫には長男が障がいを持って生まれてきたことが今でも理解出来ないようで、長男につらく当たり、長女ばかりをかわいがります。昨日も長男がテーブルの上からコップを床に落として割った時、夫は長男に対してひどい暴力を振るいました。あわてて止めましたが、本音を言えば私が長男を一番うとましく思っているのです。

知恵が遅れていても、親から嫌われていることはわかるようで、ひどく哀しそうな目で私たちを見ます。その顔を見ると私の胸はしめつけられます。

私たちが亡きあとのことを考えるとこの子と心中しようかとまで思いつめます。

（滋賀県　R子・三十二歳）

A

障がいのある子は神に選ばれてこの世に送り出されたかけがえのない命です。子どもさんの障がいは「代受苦」です。誰かがどうしても困難な障がいを受けなければならない時、その苦を一身に引き受けてくれた尊い命なのです。

親であるあなたはどうか子どもさんのあるがままを受け止め、かわいがってあげて下さい。親であるあなたが子どもさんを愛さなければ誰が愛してくれますか。

同じような子どもさんを持つホームグループのお母さんたちと私は話をしたことがあります。そのお母さんたちはとてもおしゃれできれいで明るくて、障がいを持つ子どものことを「私の仏様です」ときっぱり言いました。「この子のおかげで私は人の苦しみを理解することができるようになり、人間らしい心を持つことができました」とも言われました。

あなたが変わればご主人も変わっていくと思います。きょうだいも、家族の障がいを見ることで、健康の有り難さに感謝する時が来るでしょう。

作家の大江健三郎さんの息子さんも知的障がいを持って生まれましたが、音楽の才能を見出し、作曲家の道を進んでいます。大河ドラマ『平清盛』の題字はダウン症の女性が描いたとして世間で話題になりました。障がいを持つ子は時として類まれなる才能を発揮することがあります。決して息子さんに見切りをつけないで愛を注いであげて下さい。

誰にも定命はあります。先のことを思い患わず、息子さんとの今を大切に生きて下さい。応援していています。

四歳の長男が病死してしまった

Q　私、この一月にたった四歳の長男を、病で失いました。前日のお昼まで元気で飛びまわっていた子が、一夜の病だけで翌朝にはもの言わぬ姿になってしまったのです。どうして……なぜ……気の狂わない自分が不思議です。死んだあの子が一人で寂しがって泣いているという想像ほど今の私にとってつらいものはありません。どんなに我が家に戻りたいだろう、どんなに一人で心細いだろうと思うといてもたってもいられません。あの子がいま、どういう世界にいると信じればよいのか、どうぞお教えいただけませんでしょうか。

（埼玉県　T子・三十二歳）

A

愛別離苦は人間の苦の中でも極めて辛いものですが、逆縁の死別ほど悲痛なものはないでしょう。仏教とは究極のところ、死をどう捉え、どのように死とつきあっていくかと考えきわめることにあるようです。無限の可能性を断たれ、可愛い盛りに亡くなられた幼いお子さんを思って、あなたが気も狂わんばかりに悲しいのは当然ですし、どうお慰めしたところであなたの苦痛は癒されないことでしょう。

寂庵へはたくさんの方が、あなたと同じ悲しみを抱えていらっしゃいます。

そういう人たちに、私はキサーゴータミーの話をするしかありません。キサーゴータミーはあなたと同じように、可愛い赤ちゃんを失ってしまいました。彼女は悲しみのあまり気が変になって、赤ちゃんのなきがらを抱えたまま、誰彼に向って、「この子を生きかえらせて下さい」ととりすがりました。あんまり痛ましいので、親切な人が彼女をお釈迦さまのところにつれていきました。釈尊はあわれな母の訴えをきき、彼女に白い芥子の実をもらってくるようにといいました。それで赤ん坊が生きかえるならと、彼女は喜んで走り出そうとしました。その背に向って「キサーゴータミー、死人の出てない家の芥子でないときかないんだよ」

と、釈尊がやさしく声をかけました。

どの家でも人々は親切に言ってくれました。

「お安い御用だ。さ、白い芥子の実を持っておゆき。どっさり持っておゆき」

けれども死者は出ていないかというキサーゴータミーの質問にはみんな首を横に振ります。近い過去か、遠い過去に必ずお葬式はどの家にもありました。もともと聡明だった彼女は、その時はっと悟りました。人間が死すべきものとして造られていることを。人はみな愛する者との辛い死別に耐えて生きていることを。キサーゴータミーは、釈尊の前にもどり、赤ん坊のなきがらをそっとさしだし、弟子にして下さいと頼みました。

この話は釈尊が、キサーゴータミーにあきらめを教えたのではないと思います。愛する者は死によって私たちに人生や生の意義を、命の尊さとはかなさを伝えてくれると教えているのだと思います。別れの悲しみは必ず時が癒してくれます。時は死んでいった愛する人の魂であるのかもしれません。

どうか同じ悲しみを持つ人たちが慰めあい、力づけあい立ち上がってくれますように。

娘が中一の孫を残して自殺

Q 一人娘が中学一年の孫を残し、三十七歳で死亡しました。娘から生前聞いていた愛人の女性から婿宛の手紙を、悪いとは重々承知で見ました。娘の初七日がすむとすぐ婿がスキーに行きましたが、その愛人も一緒だったこと、娘の病気中のことなどが若い女のムードで書かれてありました。彼女はなぜ自分より八歳しか年下でない思春期の孫のことを考えてくれないのか。人を恨む苦しみに悩んでいます。

（北海道　C代・六十五歳）

A お嬢さまがお若くて亡くなられたことを心よりお悔み申しあげます。愛する人との死別は人生の苦の中でも最も苦しいことで、まして逆縁ではどんなにお辛いことでしょう。

お婿さんの情事の件はまことにけしからぬことで、まして亡くなった方がそれを苦に病んでおられたとすると、あなたの口惜しさ、不快さはお察しするにも余りがあります。

しかし、この背信は、一番けしからんのはお婿さんで、相手の娘さんだけ憎むのは、不公平というものです。そんな若い女の人を誘惑した妻子持ちが悪いに決まっています。もし女の方が誘惑したとしても、それをこばまず、病妻をなやませた男の方がずっと悪いのです。

そこのところを公平に考えて女の人を憎むより、お婿さんに恨みをぶっつけて反省をうながされてはいかがでしょう。人を恨むのはとても辛いし、からだによくありません。

十八歳の浪人生の娘が自殺

Q 十八歳の浪人生の娘が二ヵ月前に自殺してしまいました。

前日が大学入試の日で、玄関で朝、送り出したのが最後となってしまいました。私なりに愛情をかけて大切に育ててきたつもりでしたが、今思うと何か重大な過ちを犯してきたような気がしてなりません。送り出した時、「がんばってね」という言葉が、胸が急につかえて言えなかったのも不思議です。

彼女が人知れず悩んでいるのもわからず、ずいぶん傷つけるようなことも言ったと思います。そう思うと悔やまれてなりません。親の資格のない人間だと自分を責めています。
今後、私はどうやって生きていったらいいのかわかりません。お力をお貸し下さい。

（長崎県　A子・五十一歳）

A

お気の毒で言葉もありません。あなたの辛さが想像されます。十八歳の浪人生活というのは若い娘にとってはストレスがさぞたまることでしょう。おそらく娘さんは、外見では気づかないけれどノイローゼになっていたと思われます。

あなたの後悔はもっともですが、人間は万能の神でも仏でもないのですから、完全に人を理解することも出来ないし、良かれと思って人を傷つけることもありがちです。そういうことのくりかえしの中で、人は何かに許されて生きているのです。

いくら嘆いても、亡くなった娘さんは帰ってきませんし、過ぎた日は戻ってきません。悲しいけれど、過去を切り離して前を向いて進みましょう。切り離すのは切り捨てるのではありません。その部分だけを別にして。特別の想いで追想し、娘さんの菩提を祈るのです。けれどもその悲しみは、その場所にとどめておいて、その悲しみを今の日常生活の中に持ちこまないということなのです。

仏さまになった娘さんは、あなたの不注意からの言葉や態度のすべてを許してくれているし、むしろ、あなたを悲しませた死に方をわびているでしょう。その娘さんの気持を慰め、自殺という死に方を許してあげて下さい。

心を落ち着かせ、亡き人の菩提を弔うために写経をおすすめします。

三人めの夫との大切な子を過失で失った

Q 私は四十三歳になる主婦です。

二度の離婚歴があり、今、三度目の主人と暮らしています。一番目の主人とは、十代で結婚、女ばかり四人の子供を産みました。しかし、主人のギャンブル好きが原因で離婚。それから昼は会社勤め、夜は屋台のラーメン屋で働き、子供たちを養ってきました。

夜、屋台のラーメン屋で働いている時に知り合ったのが二番目の主人です。真面目な大工で、子供たちも主人によくなつき、私たちは結婚しました。

主人との間に男の子をもうけ、主人は大喜びでした。しかし、主人は、どうしても自分の子供だけをかわいがります。四人の女の子たちはいつも寂しそうでした。結局、私は子供たち全員を連れて家を出ました。

私はまた、夜、昼と仕事をして、子供たちを大きくしてきました。

三十九歳の時、昼の勤め先の人とつきあうようになり、四十歳で六人目の男の子を出産しました。それからは本当に幸せな日々が続きました。

三ヵ月前、その日は昼から子供たちとドライブに行き、海や公園で遊ばせました。家へ帰り、車内の片付けをしていると、末の子（三歳）のサンダルが見えません。捜すと、車の下にあるのが見えたので、車をバックさせました。その時、いつのまにか子供が車の後ろに来ていたのです。私は自分の車で子供をひいてしまいました。すぐ救急車で病院にかつぎ込みましたが、頭蓋骨骨折で五時間後に亡くなりました。私は主人に顔向けができません。私が犯した罪については自分なりに苦しみ悩みましたが、解決はつきません。これからは私なりに仏につかえていきたいのですが、どうすればいいのでしょうか。教えてください。

（青森県　N子・四十三歳）

A　今までの四十三年間、あなたは本当に一生懸命生きて来られたと思います。
自分に正直に、真面目に。この少子化の時代に、六人もの子供を産み育てるというのは、並大抵のことではありません。

あなたはそれだけ体力に恵まれているという証拠です。いつも、環境に流されず、自分の力で新しい道を切り開いてきた人です。強いしっかりした人格をお持ちだと思います。

そして、ようやく、身も心もあなたに適した人とめぐりあい、幸せを掴んだ。ところが、その人の子供をあなたの車で亡くしてしまったということは、どんなにか辛いことでしょう。お察しするにあまりあります。

しかし、それはあなたの不注意というより、不可抗力な事故です。

亡くなった子供さんは本当にかわいそうですが、ご自分をこれ以上あまり追い詰めないでください。

このことで、ご主人が力を落とし、夫婦仲がうまくいかなくなるのが心配です。二人とも、同じ傷を負ったのです。誰よりも相手の辛さがわかる立場です。たいていのことは辛抱して、夫婦が互いに支えあい、生きてください。

あなたはまだまだ若い体力をお持ちなので、また子供に恵まれないとは限りません。希望を失わず、できるだけ、今のご主人と力を合わせてやっていくことです。

くれぐれも、こういう時に誘いにくるあやしい宗教や占い師にはひっかからないように。自分の心を頼りにして、後半生を生きて下さい。

お子さんのご冥福を心から祈ります。

夫の死の一年後に娘が自殺……

Q 娘が突然、自殺しました。

二十三歳という若さでした。

娘は、親の私が言うのも何ですが、幼い頃から成績優秀で、有名中学、進学校とすすみ、有名私立大学へ入学。卒業後は得意の英語力を生かそうと、通訳の勉強をしていたのでした。

そんな折、主人が脳溢血で急死、娘は葬式が終わってもなかなか立ち直れないでいました。娘は幼い頃から父親っ子でしたので。

そして、主人の一周忌を終えた九月、娘は父親のあとを追うように自殺してしまったのです。

なぜ、こんな結果になったのか、どう考えても納得がいきません。いっそ私も娘のあとを追って自殺しようかとも思いましたが、息子がいるので思いとどまっています。

娘には誰かいい人がいたのでしょうか。しかし、娘は真面目な努力家で、髪を染めたことさえない地味な子です。娘の死後、お線香を上げに来てくれるのは女友だちばかり、その友だちに聞いても男性関係のことは知らないと言われます。

そんな娘にいったい何があったのか。娘は何を思い悩んでいたのか。肝心な時に親として、何もしてやれなかったことが、悔やんでも悔やみ切れず、娘が可哀そうで、娘の供養はどのようにしたらいいのでしょうか。

夜、静かになり、一人で居間にいますと、娘のことばかり考えます。娘のことが気になり、眠れません。天罰でしょうか、身体の調子も悪く、座骨神経症になりました。更年期も重なり、終日、ふとんから抜けられずにいます。

どうか、ご指導下さい。

（香川県　F子・五十歳）

A

あなたのお手紙とよく似た相談がたくさん寄せられます。

今の若い人たちは自分の命を軽く扱う傾向がありますが、正気で自殺する人はないと思います。お嬢さんも表面上は普通で、おだやかそうに見えても、何か言うに言えない悩みがあって、それが内向してノイローゼになっていたのだと思います。病気がこういう結果を招いたのです。あなたのせいではありません。

遺書がないために、あなたがいつまでもご自分を責める気持ちもうなずけますが、もうすでにお嬢さんの魂は浄土へ行き、現世の悩みからすっかり解放され、楽になったのです。大好きなお父さんのところへ行って安らかにしているのです。

いつまでもお友だちが見舞ってくれるというのは、それだけお嬢さんが心やさしい、人に好かれる人だったのでしょう。

残されたあなたとしては、お嬢さんのために写経をしたり、法話を聴いたりして、お嬢さんのご冥福を祈ってあげることが、仏への一番の供養だと思います。

息子さんの幸せを祈って、二人で頑張って下さい。お嬢さんは、あなたたちの守護神になって守ってくれるでしょう。

天罰なんて、あなたに下るわけはありません。ただ体を大切にして、病院で検査し、苦痛をやわらげましょう。私もあなたの健康と心の安らぎを心から祈っています。

不倫の迷宮

大学時代に知り合った男性と七年間不倫

Q 私は、大学の時に知り合った男性と七年以上つきあってきました。彼には妻があり、つきあいをはじめるとき彼は、「結婚は出来ないよ。結婚したいなら、他の人の所へゆきなさい」と言ったものです。愛人でいい、その人のそばにいたいと思い続けるのは、自分の欲望だけでまちがいでしょうか。それとも、相手の男性や奥さんに迷惑をかけずに一人で生きていければ、その人を愛している情熱を糧にして、生きていってもいいのでしょうか。こんな生き方は、自分勝手なわがままでしょうか。

（神奈川県　N美・二十九歳）

A 人を好きになるのは理屈じゃないから、そんなつまらない男を愛してしまったあなたを責めても仕方がありません。でもその男はつまらない男です。なぜなら、はじめから結婚出来ないとわかっているなら、あなたに手をつけないのが男です。学生のあなたが、それでもいいと、彼とつきあってしまったのですから、あなたにも責任はあります。このまま結婚しないで60になっても愛人で、いいのですか。もう七年も不倫の恋の喜びも苦しみも味わったのだから、三十になる前にその関係は清算して、正々堂々と胸を張れる結婚をした方がいいに決ってます。今の生活費は誰が出しているのですか。たぶん、その男は、そっちがはじめから妻子あるのを承知だったんだからといって、金銭的援助などしていないでしょう。男にとって、家庭をこわされず、お金もかからず、妻より若い愛人がいたら、手離さないのは当然です。ここがあなたの正念場です。しっかり考えて自分の立場を見つめて下さい。

ヤクザの男と別れられない

Q 小学五年生の女の子の母であり、大学の講師を週二日しています。夫は三十八歳の商社マンで世間的には幸福な一家です。

私の悩みは現在ヤクザをやっている男性と愛し合っていて（夫とは性生活はもうここ三年ほどは皆無）、一緒になるべきかどうかということです。彼は四十六歳で子連れの結婚を望んでいます。しかしヤクザの収入源は違法やら犯罪によってしかあり得ないはずなのです。もう若くなく、あと十年の女の生命だと思うと、無味乾燥な夫との見栄えのよい生活を全うするより、あと十年の幸福に賭けてみようかという誘惑にかられるのですが。

（東京都　F美・三十九歳）

A　インテリのあなたが、相手がヤクザとわかっていて、その収入源についてこんなことを言うのは、どうなってるのですか。あなたが本気でその人を愛しているなら、まずヤクザの足を洗わせるのがあなたの愛です。御主人と三年ほどセックスがない理由がわからないので、何とも言えませんが、病気ならまず御主人の病気を治してもらい健全な夫婦生活を取りもどすべきでしょう。ヤクザの人との性愛にあなたは今、目がくらんでいるようですが、性愛だけが女の幸福と言えるでしょうか。

少くともお子さんは、ヤクザのお父さんを持てば将来迷惑するにきまっています。ヤクザになるような人は、情が厚くてやさしい人が多いのですが、結局、そういう社会から足がぬけないのは、意志が弱いということです。

御主人がそんなに厭なら、離婚して、子供を育てればいいでしょう。私にはあなたの考え方が非常に甘くて信頼出来ません。もっと自分の足許をしっかりみつめて下さい。

不倫していた彼と切れずに自ら離婚。彼の家庭を壊したい

Q 覚悟はしていたものの不倫で悩んでいます。彼とつきあいはじめて三年目に半分やけと好奇心で見合いし結婚しましたが、彼と切れず、離婚して以来八年。三十四歳になって少しあせります。子供を産みたい。今なら彼を諦められる。

そう思って彼の奥様に二人の旅行写真を送りました。その結果、彼の来る回数が減っただけ。このまま私が実家に帰れば自然に終わるから良いとも、いいや、はっきり彼から別れを聞かなくてはとも思うのです。私は彼の家庭を壊したい。

結果はどうなっても良いのです。この乱れる心をどうしたらよいのでしょうか。

（埼玉県　R子・三十四歳）

A 乱れる心をしっかりと見つめることです。何故こんなになったのかを見極めれば、答えは自然に出てきます。あなたの苦しみは自業自得です。いつでも自分本位で行動しています。好奇心とやけで見合いされ、結婚・離婚されたあなたの御主人こそ、いい面の皮で

す。お気の毒な被害者は、あなたの御主人と彼の妻です。二人の旅行写真を彼の妻あてに送りつけるなど、もっての外の行為です。愚劣で汚い。

彼の妻に何の罪があるのですか。あなたは彼を盗んでいるのだから、手をついてあやまるのが立場でしょう。彼の家庭を壊すなどと思うのもいい加減にしなさい。

文中には、あなたの夫に対してのいささかの懺悔の心も見えないのが不思議です。いったい誰の子を生みたいのですか。またしてもやけと好奇心で産みでもされたら、赤ちゃんこそいい迷惑でしょう。人生に対し、神仏に対し、もっと謙虚になるべきです。滝にでも打たれ、頭を冷しなさい。

お寺の副住職と不倫関係に

Q 十代の頃は、ずいぶん無茶な遊びもしました。恋も数え切れず、子供も二度おろしました。こんなことばかりしていてはだめになる、何とかしなければと思い悩んだ末、近くのお寺へ通いはじめました。今までの無謀な自分を悔い改め、おろした子供の供養のためです。

幸い、二十五歳で、今の主人と知り合い、結婚して四年になります。平凡な日々を送っていますが、先生、私はまた、人の道にはずれたことをしてしまいました。

こともあろうにお寺の住職の息子さんに恋してしまったのです。正直に申し上げます。私は結婚する前から、住職の息子さんと結ばれていたのです。

あの人からの電話を待ち、街で落ち合い、ホテルに行くという秘密のデートを再開してもう、二年にもなります。

結婚してからはもちろん私も抵抗はあったのですが、どうしても押しきられてしまうのです。心のどこかで自分も誘われるのを待っているのです。

ついこの間、あの人の奥さんが妊娠している時も誘われるまま、関係を持っていたのです。

今では、息子さんもそのお寺の副住職。お彼岸、お盆、といえば、副住職となったあの人が家に来て下さいます。

御先祖さまの供養は一生懸命させて頂きたいと思います。断わるのは、いけないように思うのです。でも、このままこの生活を続けていくのは……。

姑はもちろんのこと、主人もつゆほども私と副住職との関係など気づいてはいません。先生、私はこれからどういう風に副住職と対応していけばいいのでしょうか。

（千葉県　K子・二十九歳）

A それはあなたも悪いけれど、もっともっとその坊主が悪い。その坊主は地獄行きです。最低の人間です。そんな坊主は坊主の風上にもおけない。

私は出家者の立場として、何宗であろうと、その人は破戒坊主だと断言します。出家者としての道を退き、妻とも別れて、好きな女と駆け落ちでもする、というならまだ許せます。それだけの覚悟で堕ちるところまで堕ちるなら、周りがとやかく口をはさんでも仕方のないことでしょう。けれども、その坊主のように、住職の聖職にありながら、人妻と不倫をし、すまして仏様をお祈りするなど許しがたいことです。

一日も早く、そんな副住職とは別れることです。今のままでは、あなたもその副住職と一緒に地獄へ連れていかれます。普通の人と不倫するより、出家者を破戒させるのは、三倍罪が深くなります。

そんな副住職に供養してもらっても、先祖は浮かばれません。一刻も早く、そのお寺とは縁を切ることです。

もし、ご主人やお姑さんに不審がられたら、そこの副住職に誘惑されるから恐ろしい、とはっきり言いなさい。

それでも、縁が切れないようなら、あなたは今後一切、そのお寺に行かないようにしなさい。

そして、今までのことを仏様に繊悔しなさい。

あなたのような相談はとても多いです。

世の中の坊主が、いかに堕落しているかということです。本当に嘆かわしいことです。

妻子ある男の家に放火し、妻と子を死なせた

Q 妻子ある男性と五年つきあいました。不倫の末、「やっぱり君とは結婚できない」と彼に言われ、逆上した私は彼の家に放火をし、奥さんと子供さん（三歳）の命を奪ってしまいました。殺人犯となった私に「無期懲役」の判決が下されました。親兄弟からは一切、縁を切られました。殺した奥さんと子供さんのご冥福を祈りながら、毎日、

写経をしています。今、八十一枚目を書いています。でも、書きながらふっとむなしくなるのです。こんなことをしても死んだ人は帰ってこない。一体私は何をしてるんだろうと。心から懺悔するにはどうすればいいのですか。

（栃木県　T子・三十歳）

A　人間は人間であるということでとんでもないことをひき起こすものです。しかし、仏教でも戒律の第一に「殺すなかれ、殺させるなかれ」とあるように、殺したということは一番ひどい罪を犯したことになります。

けれども一番ひどい大罪を犯したことから立ち上がれば、他の人以上の救いがきっとあるはずです。そのための懺悔なのです。心から悪かったと懺悔することで犯した罪を仏さまは許してくださいます。しかし、その懺悔とは全身の毛穴から血の汗が出るほどの思いで真剣に懺悔しないことには意味がありません。

経文の一字一字には仏が宿り、あなたの懺悔を受けとってくれるのです。今、刑に服していることが懺悔の現れなのですから、殺した人におわびし、冥福を祈りつづけて下さい。どうかがんばって生き直して下さい。

夫の不倫を相談するうちに関係が

Q 今年四十歳になる主婦です。同じ年の夫と十五歳の娘、十三歳の息子がいます。

　二年前、夫に一千万円を超える借金があることがわかり、自己破産の方法をとりました。いまだに何に使ったのかは不明です。夫は懲りるということを知らないようで「破産してこんな楽なことはない、お前も借金して破産したらいいのだ」などとうそぶく始末でした。

　破産後は、家計が苦しく、私もパート勤めをしてきましたが、今年一月、夫に愛人のいることがわかったのです。夫と同じ会社の事務員で、離婚歴のある三人の子持ちの女性（三十五歳）です。情けないやら、腹が立つやら、そんな思いを抱いたまま、工場でパート勤めをしていた私は、工場の社長の娘婿（三十歳）に相談相手になってもらうようになりました。彼は、私に同情を寄せ、食事をごちそうしてくれたりするようになりました。そして、いつのまにか深い関係に陥ってしまったのです。

　夫は、愛人とのことを「女にだまされたんだ」とか「なんで俺が他人の子供を三人も育てないといけないんだ」と言い、何にもなかったかのように生活をしていますが、別れたかどうかは疑問です。知ろうとも思いません。

そんなことより彼とのことで頭がいっぱいなのです。

彼の妻は、私とのことは知りません。

人の旦那様なのだからいけないと自分に言いきかせながらも、彼からの誘いがあると出かけてしまいます。

私はできれば彼と一緒になりたいのですが、どうすればいいのでしょうか。

（神奈川県　M子・四十歳）

A　彼とのことが思いきれないなら、あなたはその工場を辞め、仕事場を変えて、彼との関係を続けるしかないでしょう。彼の奥さんの父親が経営する工場で、給料をもらいながら娘婿と不倫をするというのは潔くありません。

おそらく、今に奥さんにすべてがばれ、大騒動になるに違いありません。しかし、その時、彼が、娘婿の立場を捨ててまであなたと一緒になるとは考えられません。もし、仮に、あなたと彼が一緒になったとしても、同じ屋根の下で暮らしてみれば、彼にもあなたにも必ず飽きがきます。今は、お互い人目をはばかる不倫の関係だからこそ燃えあがっているのです。

今のこの関係を続けていくのはあなたの自由です。ただし、十年二十年先の二人の年齢差に耐えられるでしょうか。人を不幸にして、自分が幸福になることはないと、私は信じています。

ご主人はまだ気づいていないようですが、浮気症の男ほど嫉妬深いので、気をつけなさい。

あなたも自分がこういう立場になってみてはじめて、不倫する女のせつない気持ちもわかったでしょう。妻と愛人の間に立って苦悩する夫の立場もよく理解できたはずです。そして、あなたがご主人に浮気された時味わったのと同じ煮え湯を、彼の奥さんにも味わわせようとしているのです。

人間は、自分がその立場に立ってみてはじめてその苦しみがわかるもの、そのことに身をもって気づいただけでもあなたも成長したのかもしれません。

「略奪愛」した男性と結婚すべきか

Q 四十歳になる女性です。同居している六十二歳になる男性と結婚すべきか否か、悩んでいます。

彼は、私とのことが原因で、一年前、奥さんと離婚。その後、私が彼の家で、彼の息子（二十五歳）、そして、彼の母親（八十九歳）と共に、同居しています。彼には他に三人の子供がいますが、彼らはすでに社会人となり、家を出ています。

彼は私との結婚を望んでいます。しかし、私の両親は大反対。年が違いすぎるというのです。私のことが原因で、奥さんと別れたことを両親は知りません。

私も最初のうちは、彼のことが好きでしたが、同居した今では、その気持ちも徐々に冷めつつあります。年上の彼との将来に不安もあります。

彼の母親は、今はまだ元気ですが、近い将来、介護の問題が降りかかってくるに違いありません。いろいろな不安材料と両親の反対も重なり、なかなか結婚へのふんぎりがつきません。いったい、どうすればいいのか。しかし、彼と別れたところで、私の年齢を考えると、次にいい人がすぐに見つかるとも思えません。

（静岡県　N子・四十歳）

A 人を悲しませた上での幸せは成り立ちません。

しかしながら、あなたは、彼と奥さんを別れさせ、その上で、すでに、彼、そして彼の家と共に、同居しているのです。愛を略奪し、勝ち取ったわけです。

その結果、恋愛に夢中の間は見えてこなかったいろいろな現実問題が見えてきた。彼の年齢、彼の実母の問題等。

しかし、もう、ここまで来たのなら、彼との結婚を決意すればいいのではないでしょうか。

最初に申し上げた、「人を悲しませた上での幸せは成り立たない」、そのつけが、今あなたに降りかかってきています。

あなたが、望み、選んだ道です。ここは腹を据え、彼と結婚をし、死ぬまで添い遂げるべきではないでしょうか。

彼は、四人もの子供を産んだ奥さんより、あなたを選んでくれたのです。彼と別れたところで、今後、彼よりあなたを愛してくれる人が見つかるとは思えません。今、あなたに出ていかれると、彼の精神状態はおかしくなってしまうでしょう。

今までしてきた自分の行動に責任を持ち、これからの人生を生きて下さい。

元カレと再会し、不倫関係に

Q パート勤務をしています。

二十五歳の時、スキー場で出会った人と大恋愛をし、共に結婚を考えました。けれども両親の反対にあい、私は親の薦める人と見合い結婚をし、子ども二人に恵まれました。

最近、元カレと再会しました。彼の名前をネットで検索、勤めている職場をつきとめ、私の方から連絡をしたのです。彼は私と別れたあと他の女性と結婚、一児をもうけています。

それからは人目をはばかり、度々彼と逢うようになりました。今では家族のことより彼の方を愛しています。

五十歳を目前にひかえ、思い残すことがない人生を送りたいと思っています。たとえ家庭を捨てても、私は彼との生活を望んでいます。彼も私と同じ思いです。

毎日、揺れる心をもてあましながら生活をしています。常に心ここにあらずの私の振る舞いに、子どもたちも夫も気づきながら何も言いません。
私はどうすればいいですか。

（岩手県　U子・四十八歳）

A　人を不幸にした上で、自分の幸福はありえません。

長年つれそったご主人と子どもたちを捨て、彼の元に走ったとして、あなたが幸せになれるとはとうてい思えません。

彼と再び、出会えたことであなた自身の人生が豊かになり、みずみずしい喜びを感じたことに感謝し、今の生活をそのまま続けることをお勧めします。

今のあなたは、一時的に燃え上がっているだけで、正常な精神状態ではありません。激情にかられて彼と一緒になったところで、共に生活をすれば彼の所帯じみた振る舞いを目にし、ロマンチックな思いも吹き飛ぶに違いありません。彼に冷めたあと、元の生活に戻りたいと願っても、その時にはすでに帰る家庭がなくなり取り返しのつかないことになりかねません。情熱は必ず冷めるものです。今の恋の炎はそのうちきっと弱くなってきます。それにあなたの年齢がまさに更年期に入っています。ここ二、三年は心が揺れ動く時です。気を付けて下さい。

どうか、今ある家庭を大事にして下さい。

どうしても心が乱れるようなら寂庵で写経をしましょう。書いているうちに心が落ち着きます。

奄美大島で他の女と暮らす夫

Q 私三十七歳、主人三十六歳、長男中一、長女小三。二男二歳五ヵ月の家族です。私たちは親の反対を押し切り、職場結婚しました。主人は優しくよく働き幸福でしたが、それも束の間。若い女をつくり、ギャンブルと女と酒で会社の金を使い込み数年かかって返済。そのうち立ち直るだろうと信じて、ばかですね、私って。だまされても、だまされても信じて別れられませんでした。

三人目の子が生まれる時、若い子持ちの未亡人の愛人がいることを知り、大ショックでノイローゼになりそうでした。今、主人は奄美大島で女と暮しています。独立して呉服の商売をすると家族の反対を押しきって行ってしまいました。私は子供たちと主人の両親の面倒をみながら暮しています。主人は借金がかさみ、わずかの仕送りも絶え、この先真暗です。借金で帰る旅費もないと言います。子供には逢いたいらしいのですが、女の手前、電話もかけられない様子です。

もう私たち夫婦は終わったのですね。とても悲しい苦しい数年でした。何度も死のうとしましたが、子供たちが止めてくれました。子供たちのために新しく生き直すしかないと思い、今、いろんな仕事をしてます。食べることで精一杯。家族をこんなにみじめな目にあわせて、自分は愛人とのほほんと、きれいな海をながめている主人が憎らしくて、度々殺してやりたくなります。なぜまじめな人間がみじめになり、勝手気ままに好き放題の人が楽に生きるのですか。納得出来ない。天は不公平じゃないですか。

でも天や神仏に怒る前に自分の人間的なだめさを嘆くべきですね。主人と愛人を憎み、怨み、やりきれません。こんなバカ亭主でも子供の親、別れるにはためらいがあります。働いて、働いて、目ばかりギラギラして眠れなくて……もういや。でも私のどこが悪かったんでしょうね。辛いです。淋しいです。死にたいです。

「今日、買物で四万円使っちゃった。主人に内諸のお金よ」と言う友人。私なんか主人の四万円の借金を責められ首もくくりたいくらいなのに。教えて下さい。私のどこが悪いのですか、私はどうすればいいのですか。

（広島県　M香・三十七歳）

A　可哀そうに。辛いでしょうね。あなたは何というい い人でしょう。素直でけなげで誠実で責任感が強くて。それに比べて、あなたの御主人はほんとにバカで、アホウで、アカンタレです。

でも決して悪い人ではありません。やさしくて、人がよくて、女に甘くて、気が弱いだけなのです。あなたがだまされてもだまされても別れられなかったのは、あなたが一番そういう御主人のいい所を知っているからなのです。御主人は決して、いい気になっているのではないのです。きれいな海をみながら、一緒にいる女の人に気がねしつつ、あなたやお子さんのことを思って、涙ぐんでいる時もあるのです。夜、夢にうなされ、あなたの名を呼ぶこともあるのです。

もうひとふんばりして、待ってあげましょう。帰ってくると信じて祈りましょう。お子さんを何とかして逢いに行かせてあげなさい。いつでも気のすむまで御主人の悪口もいっぱい書いてきなさい。

あなたが御主人の両親と一緒に暮しているということは、なかなか出来ないことです。そのひとつだけでも御主人はあなたに頭が上がらないと思います。

あなたがあんまりよく出来た人なので、御主人ははじめは甘えられるいい女房だと思っていたのが、だんだん立派すぎてかなわなくなったのでしょう。女はアホらしいと思っても、時には男を立ててあげて甘えてあげてくださいあなたがいないで淋しくて死にそうだと正直に言ってあげて下さい。御主人の借金は払うことはありません。島へ廻しなさい。

夫が愛人といるところに遭遇、修羅場に

Q 三十三歳の主婦です。中学一年と、小学五年と、小学二年の子供がいます。三十八歳の夫は十年前から、浮気の相手がいるらしく、私は夫の心をしっかり掴んでいるという自信がなく悩みつづけてきました。いくら聞いても、そんなことはないと言いはるのです。

でも、あることから、やはり愛人のいることがわかり、それは私の疑っていた人でした。先日、ついに夫を尾行して、車の中で二人のいる地獄を見てしまいました。私は狂ったようになり、女にとびかかり、修羅場になりました。

そうなると夫は開き直って、私と別れてもいいと言います。女は夫と別れないと言いま

す。私は寝たきりの舅の世話を姑と一緒にみてきました。姑は私に、すまない、可哀そうだと言ってくれますが、私の気持ちはおさまりません。前後の考えもなく家を出て三日になります。どうすればいいか教えて下さい。

（北海道　A子・三十三歳）

A　すぐお帰りなさい。家を出た状態のままだと、あなたは愛人を認めたことになり、あなたの家での立場も失いますよ。少なくとも十年間、御主人はあなたにかくそうとしたのですし、三人もお子さんを産んでいるのですから、セックスもあったのでしょう。家庭をこわす気はなかったのです。開き直ったのは、現場にふみこまれた狼狽からの見栄と惑乱で、本気とも思えません。よくある例で、世間の家庭の夫たちは、八十五パーセントまでが、浮気をして、妻は一度や二度は煮湯を呑まされているのだと思って下さい。そんな時、あなたのように逆上すると、損をします。耐え難きを耐え、この際、涙を呑んで、「見猿、聞か猿、言わ猿」になって辛抱しましょう。自分はこの家は出ない、離婚はしないと言いなさい。そうでないと愛人の方へ走ってしまうかもわかりません。

ここはぐっとがまんしましょう。どんな浮気な男でも年をとれば身持はおさまるし、家系で舅のように寝たきりになるかもしれません。その時こそ、うんといじめてやるからと、心でせせら笑ってやればどうですか。こんな時こそ、髪でもセットして明るい化粧をして外出着を普段着にしてじゃんじゃん着つぶしなさい。騒がない方が相手に不気味感を抱かせて恐れさせます。落着くことです。写経をして下さい。一行でも二行でもいいから、机に向かって下さい。

主人が女のところへ出て行ってしまった

Q 結婚して十年になる三十歳の主婦です。主人は三十二歳で本当に優しい理解力のある人で、舅と三人で暮らしていました。私は結婚六年目に不倫をし、妊娠してしまいました。主人ともセックスがあったのでどちらの子かわかりませんでしたが、私は産むことにしました。子供は死産で、私はあきらめましたが、主人は私の不倫を知っていたのに、子供のため泣きに泣いていました。私は心からすまなく主人と子供に心の中で手を合わせていました。しかし去年の暮から主人の様子が変わり、半年後には毎日のように夜出かけ朝帰りし、夫婦の仲はすっかり冷たくなりました。私は逆上して、主人の嘘をつきとめるため、取引先に電話をしてしまい、主人は怒り、女のところへ出て行ってしまいました。舅は八十一歳で、私を励ましてくれます。主人は「父の面倒を見てくれるなら、家もやる。生活費も入れる。オレには給料として毎月十五万円だけくれ」といいます。私は今でも主人の仕事場で蝎面づけと電話番をしています。主人は口もききません。自分のしてきた事が事だけに、いったいどうすればいいか途方にくれています。

（静岡市　S・三十歳）

A　困りましたね。当分御主人の気持は変えられないでしょう。御主人は太っ腹の男らしい人ですね。あなたが甘えすぎていたのです。幸いあなたはお舅とうまくいっているようですから、心からお舅を大切にして尽しなさい。本当に心の底から愛想をつかしていたら、仕事場であなたを使わないでしょうし、お父さんを預けっぱなしにはしないし、離婚の手続きなどさっさとするでしょう。御主人と今の愛人との仲も、いつか熱はさめます。その日を待って、あなたは仕事場でしっかり勤め、仕事上なくてはならない人になること。そのうち、きっと御主人の気持があなたに向う時がありましょう。過去の軽率な浮気を心底から懺悔し、写経して祈って下さい。

母親の不倫

Q 母のことを相談したいと思います。現在、母は同じ五十一歳の人と不倫しており、その人の家と我が家を行ったり来たりしている状態です。父と母、相手の男性とで話し合いの場も持ちましたが、相手の方が口が上手く父は泣き事を言っているだけで話し合いになりません。母は自分のしていることにまるで罪悪感がないようで、「自分のしたいようにする」と言います。

私はその相手の男性を子供の時から知っていましたが、最近、何とその男性とは父との結婚前からずっと続いていた、と母は言うのです。そして私と弟がその男性の子供かもしれない、などと言うのです。もうショックが大きくて。大きな病院に血液型のことや何とか判別させたいと問い合わせましたが、大変高額なお金がかかるそうです（あいにく父とその男性は同じ血液型でした）。私も弟も父親に似ているところがあるのですが……。

父は真面目な人で面白味がないと母は言います。相手の方は遊び好きで母をハワイ旅行へ連れ出したりしました。

私は母に「どうしてもその人が好きで私達を捨てても一緒になりたいというなら離婚しても仕方がない。けれど離婚してまで相手にとび込むには不安があるのでしょう」と言いました。母はその通りだと言います。結局母はどっちつかずの一番ずるい事をしているのです。私は家を出て自立しようかとも思いますが不安があるのです。私の生き方に何かアドバイスをください。

（兵庫県　C子・二十三歳）

A

あなたのお母さんはまちがっています。自分のしていることに罪悪感がなく、「自分のしたいようにする」とは何という傲慢な言い分でしょう。

またその上。あなたたち姉弟に向かって、もしかしたら、その人の子かもしれないなどと言うのは言語道断。人間の言うべきことばではありません。

夫婦の間のことは他からはかりしれないものがあるので、あなたのお父さんがそんな悪妻を許している以上、子供のあなたがとやかく言ってもはじまりません。どうやら相手は独身のようですが、独身なら、お母さんはさっさと、その男と結婚すればいいのです。それもしないで、不倫の関係をずるずるつづけるのは不潔です。私は恋を頭から悪いとは言いません。人間の心に綱はかけられないので、恋してはならぬ人を恋することもあるでしょう。

その時の心の持ち方や態度が問題で、どこが悪いといううそぶき方は許されないのです。

あなたはそういう家を出て、出来れば自立の道を選びなさい。そのままでは絶望的になって、ノイローゼにでもなったらたまりません。

あなたたちはお父さんの子に決まっています。自分を子供として認め、これまで育ててくれたお父さんを信じなさい。人間の値打は口先や容貌や知識で決められません。自分の妻の不倫の相手に口先でごまかされ、いいかえせないあなたのお父さんの方が、お母さんよりずっと善人です。そういうお父さんの人の好さや気の弱さをいたわってあげて下さい。

勤務医の夫に愛人が。わがままな自分にも非があるのか

Q　ご相談と申しますのは主人の浮気のことです。

私は三十三歳。夫は三十五歳、結婚して七年目です。恋愛の果て、押しかけ女房的に彼の住まいに入り、長男がお腹に出来たのがきっかけになり結婚という形をとることが出来たのです。

二人目を出産するため実家へ帰っていたときのことです。仕事の帰りに立ち寄った夫の鞄の中から誰か別の女性にプレゼントしたと思われる宝石の領収書と彼女のメモ帳が入っていたのです。私の驚きと怒りと悲しみ……。もういてもたってもいられず夫を問いつめたところ、彼女は離婚歴のある看護師で夫と同じ病院に勤めているということでした。夫は勤務医です。

私自身本当にわがままで長男を出産後は自分の時間がもてなかったりして夫に不平不満をぶつけたり、自分の思い通りに物事が進まないと夫をひどくののしったり物に当たったりして妻にあるまじき態度だったことは確かです。開業をしたいと夫が言いだした時などは「あなたみたいに世間知らずの人がとてもじゃないけどうまくやれないわ」と鬼の首でも取ったかのように自信満々に言い、夫に屈辱的な思いをさせたこともありました。

それからも夫の顔を見ては不平不満ばかり言ううち、とうとう愛人に双子の子供まで生まれてしまいました。夫は認知しこれから毎月十二万円の養育費を払っていく約束をしたそうです。夫の上司に相談に行くとか脅すようなことを言うと「お前はすぐそうやって人を陥れるようなことを言う。もう離婚しても構わない。お前に愛情はない」と言います。そうは言われてもこの私の性格はもう直りそうにありません。

この先どうすればいいのでしょう。

（福岡県　N枝・三十三歳）

A

手紙によればあなたは悪妻の一言につきます。毎月きちんと生活費を入れてくれて世間的体面も保ってくれている申し分のない夫に対して、あなたはねぎらいの言葉ひとつかけていない。全く感謝の気持ちがない。しかも、夫が何か新しいことをしようとすると頭からそれを否定し馬鹿にしてかかる、それは悪妻の典型です。

御主人がもうあなたを愛していないと言ってもそれは当然でしょう。

反対に愛人の看護師さんはあなたに欠けているすべてのものをかね備えているのだと思います。医師であるご主人を尊敬しおだて何でも優しく受け入れるだけの包容力。あなたのご主人は看護師さんのところにいて初めて心が安らぐのでしょう。

ご主人もあなたとの家庭を壊すつもりなど毛頭なかったけれども、家へ帰ればあなたにののしられ責められるのに嫌気がさし、看護師さんの所に自然足を運ばれたのだと思います。子供が出来たのは全くの偶然でしょう。ただし、出来た子供を堕ろさせず、しかも認知までしたというのはご主人の看護師さんへの確かな愛情だと思います。

出来た子供はあなたの子供と同等の権利を持っています。相手の子供を蔑むこともできなければ子供の将来の幸福を邪魔する権利もありません。しかし、あなたの子供にも幸せになる権利はあります。

子供の為に家庭を壊したくなければ、ご主人を責める前に自分がいかに悪妻であったかということに気づき反省をして今の性格を直そうと努力しなさい。最初から自分の性格は直らないと決めつけてしまうのは傲慢です。

夫は仕事を辞め、別の女と。それでも

Q 三十五歳になる公務員です。

韓国人の夫とは両親の反対を押しきって結婚しました。けれども夫はまもなく仕事を辞め、しかも私が働いている間に、女までつくり、今はその女と暮らしています。

友人はそんな男は最低だと言います。私もそうは思いながらも彼をまだ愛しているのです。時々彼女には内緒で、夫と食事をしたり、コンサートに行ったりしています。

私は彼に何度も煮え湯を飲まされ、その度恨みましたが、優しいところもいっぱいあり

ます。子供のころの苦労が大きすぎて今のような性格になったような気がするのです。そんな彼に私は今でも至れり尽くせりです。友人はそんな彼とはきっぱり別れろと言いますが、そんなこと私にとっては断腸の思いです。

今、私は寂聴さんの言われる仏の慈悲の心で彼に接しています。私は一人暮らしを余儀なくされていますが、それなりに充実しています。もちろんもっと彼に愛されたいという欲求はあるのですが、自分には仏の愛で充分だなあと思ったりします。

というのも彼には親もなく、差別等受けた際、かばってくれる人もなく、本当につらい思いをしてきたので、そんな日本人の犯した罪が私に回ってきても文句のつけようがないと思ってしまうのです。

寂聴さんのおっしゃる通り、この世の中、欲を離れれば素晴らしいことばかりです。ただこのまま仏の慈悲で彼に接していくのは彼のためにもよくないなあと思ったりします。いっそ思いきって彼のことを断ち切り新しく出直した方がいいでしょうか。

（福島県　T恵・三十五歳）

A

自分の愛が仏の愛だとか慈悲の愛などと言うことがすでにとんでもないうぬぼれです。

男女の仲はあくまでフィフティ・フィフティです。たとえあなたが彼を養っていようと、どんなに踏みつけにされて裏切られようとフィフティ・フィフティなのです。あなたがまだその人を愛しているということは、愛させてもらっているということ。あなたの方が彼に与えられてるのです。彼にはそれだけの魅力があるのでしょう。その魅力をあなたに感じさせたということで彼はあなたに与えているのです。

本来、布施というのはさせて頂いているという感謝の気持ちがともなわなければなりません。施してやっているという思いがある限り、あなたは本当の愛を得ることはできません。

また韓国人の夫をかわいそうと見て自分は差別していないというのも思いあがりです。そういう同情の目で見ていることで、すでにあなたは彼を差別しているのです。そういうあなたの思い上がりを微妙に感じ、彼は遠のいたのかもしれません。

おそらく新しい女は外見的にも経済的にもあなたより劣るように思います。そんな女でもあなたといるより彼の心が休まり、安らぐならあなたの負けなのです。

仏の慈悲で彼を愛しているという思い上がりを捨て、愛させてもらっているという感謝の気持ちを持てますか。とんでもないと思うなら彼のことはきっぱり思い切り、他にいい人を見つけなさい。

もしあなたの愛が本当に慈悲の愛なら、こんな愚痴はこぼさないはずです。

老いた夫に愛人と二人の子供が

Q 結婚して四十五年になる主婦（七十歳）です。

夫（七十歳）は、小さいながらも会社を経営、この不景気の最中、浮き沈みはありましたが、何とか持ちこたえてきました。

子供たちも成人、孫にも恵まれ、平凡ながら幸せな晩年と思いきや、とんでもないことが発覚しました。夫に愛人（五十七歳）がいて、しかも二人の子供までもうけ、認知までしていたのです。愛人は、夫の元秘書です。

それから地獄が始まりました。

夫を信じきっていただけに、私のショックは大きく、以来、夫とは全く会話もありません。夫は冷たい家庭には帰りづらいようで、愛人宅へ入り浸り、私は嫉妬と怒りで狂おしい日々を送っています。七十歳になって、こんな地獄を味わうとは思いもしませんでした。

認知をしているので、主人の死後は、愛人の子供たちにも財産はいきますし、主人は、愛人のために、生命保険にも入っているのです。そんなことを考えているといてもたってもいられません。私はいったいどうすればいいのでしょうか。

慰謝料を取れるだけ取って、新たな人生を歩もうとも思いますが、年を考えると、二の足を踏んでしまいます。

（愛媛県　Y子・七十歳）

A

あなたの選ぶ道は二つ。

ご主人とはきっぱり別れてしまうか、今までのことはすべて水に流して、ご主人を許すか、です。別れるなら、いい弁護士を雇って、慰謝料を取れるだけ取ることです。男女の関係は、お金が入るともう他人です。お金を取ってしまえば、互いに顔を見るのも嫌になるでしょう。それから先は、晩年を気楽に一人で楽しむのもいいと思います。

ご主人と別れたくなければ、今までのことは、すべて水に流して、過去にはいっさい触れないことです。

あなたと同じように、ご主人が愛人宅へ入り浸ってしまわれた奥さんがいました。その奥さんは、ご主人とは絶対に別れないと言い、ご主人をひたすら待ち続けました。八年たってご主人は、愛人に捨てられ白旗掲げて帰ってきました。その時、奥さんは、ご主人を快く迎え入れ、以後いっさい、ご主人を見送るまで、そのことには触れませんでした。それは見事でした。

ですから、あなたもご主人と別れたくないなら、今後いっさい、愛人のことには触れないことです。そうすれば、ご主人もいずれあなたの元へ帰ってくるでしょう。その自信がないなら、きっぱり別れることです。いつまでもねちねち小言を言っている妻の元へはご主人は帰ってきません。

短気に別れると損ですよ。あくまであなたはご主人の妻なのですから、でんと構えてられてはいかがですか。

コラム❶

いまさら聞けない　仏教の素朴な疑問

Q　この世とあの世はあべこべってほんとうですか

A　この世とあの世は、何もかもが全部反対なのです。

着物の衿もとを合わせる時、この世は右前ですがあの世は左前です。死人の着物は左前に着せます。

熱いお湯に水をさす時、この世ではお湯に水をさしますが、あの世では水にお湯を入れるのです。それで死体の湯灌は水にお湯を入れます。

この世の夜はあの世の朝、この世の朝はあの世の夜。

人が亡くなった時、お通夜を夜するのは、あの世ではその時が朝だからです。この世の女はあの世では男かしら、さあ。それはわからない。

Ⓠ 仏像に手や顔のたくさんあるのはなぜですか

Ⓐ 手のたくさんある千手千眼観音。千本の手の一つ一つに眼がついていて、いろいろな持ち物を持っています。これは人間がいろいろな救いを求めるのに応えられるようにと、よく見はり、いつも物を用意していて下さるのです。

頭の上に十一の顔をつけている十一面観音。

善良な人には慈心で楽をあたえ、悪人には怒りの相でにらみつけ、よいことをしている人にはほめてやり、品性の悪い人には嘲笑して反省させ、教えを求める人には仏の道を説いて悟りを得させようという、観音さまの慈悲の心を十一の顔の表情で示しているのです。

Ⓠ なぜお線香のけむりを身体につけるのですか

Ⓐ お焼香とは、ほとけさまに、よいかおりとまごころをお供えすることです。

大きなお寺などで沢山のお香のけむりが立ちのぼり、それを身体の悪い所につけたり、頭につけて頭がよくなるようにとお願いするのは、尊敬しているほとけさまに、なんとか自分のお願いを聞きとどけて下さい、という素直な気持ちのあらわれです。
私たちがふだん忘れかけている、まごころという目には見えないけれども、とっても大切なものをお供えすることを念頭におき、お線香のけむりを身体や頭につけていると、苦しい時や困った時ほとけさまは必ず力を貸して下さいます。

Q お坊さんの頭はなぜツルツルなのですか

A お坊さんのツルツル頭は。バラモン教や、仏教以外の宗教のお坊さんと区別するために、それに、お坊さん自身がうぬぼれたり、自慢したり、あるいは悪いことをしないようにするために剃るのです。
仏教の掟、戒律では、お坊さんは半月ごとに頭を剃ることになっています。では、お釈迦さまをはじめ、お地蔵さまのほかは、おおかたの仏さまが、みんなもじゃもじゃと髪をはやしているではないか、と思われるかもしれません。あれは、お釈迦さまの六年間の苦行中のお姿をあらわしたものなのです。

Q お葬式から帰ったとき塩をかけるのはなぜですか

Ⓐ 葬儀から帰ると玄関さきで塩をふりかけ、手を洗ってから家の中に入りますし、又、遺族の人たちも、火葬場などから帰った時、「お清め塩」をかけ、お清めをしてから家に入ります。

この行為は、仏教の教えからではなく、日本の古来からの考え方で「死」がけがれたものであるという思想にもとづいています。

そのけがれを塩によって清めるというわけで、海や川に入って身を清めるみそぎと同じです。

死に関したものはすべてけがれているので、それを清めはらってから、日常の生活にもどっていきましょうという古い考え方にもとづいているのです。

Ⓠ お彼岸とは何ですか

Ⓐ お彼岸というのは、インドの言葉を中国で訳したものですが、その意味は「この世」（人間の世界を意味する此岸）に対する「あの世」（仏教の世界で浄土、即ち悟りの世界）のことです。

ところが、私たちがいうのは、春分の日や秋分の日を中心にした前後3日間のことです。春分や秋分や、昼と夜の時間が同じになる日のことです。「暑さ寒さも彼岸まで」といいます。暑さ寒さが適当であったり、昼と夜の時間が同じになることが、極端な考え方を避ける仏教の教え（中道の思想）にふさわしいとされています。私達が生きているのは両親やご先祖様たちのおかげです。お彼岸にはお寺やお墓にお参りをして、ご恩を感謝しましょう。

Q お墓参りの正しい作法は

A お墓参りはお彼岸やお盆に限らず、いつでも気が向いた時に行けばいいのです。お墓参りの際、鎌やホウキ、たわしなどを持参して、まず、掃除をします。墓石の周りの雑草や枯草を取り除き、古い花や卒塔婆も整理しましょう。墓石が汚れていたらたわしでこすり、水で汚れを流します。

掃除がすんだら、ひしゃくで水を墓石にかけ、花立てにお花を活けます。お供え物を供え、お線香をあげて、順番に合掌礼拝します。

Q お坊さんはなぜ、数珠を左手に持っているのですか

A それは左手がけがれているからです。インドでは、右手は清浄、左手は不浄だとされています。右手でカレーをつまんで食べるのが、その証拠です。だから、左手を清めるために数珠を持つのです。

白檀や沈香などのよい匂いのする香木でつくった数珠をもつのも、そのためです。じゃらじゃらと数珠をもみすぎてはいけません。

数珠は念珠ともいわれるように、静かに仏さまを観念すること、つまり、お姿を想像するための道具だからです。

Q 死んだ人に「戒名」つけるのはなぜですか

A 「戒名」あるいは「法名」「法号」は、仏様の弟子になった時、つけられる名前のことです。仏様の教えを信じて、戒律を守り、生きていきますと誓った時に授けられる名前を「戒名」というのです。
一般的には、亡くなったあとで、菩提寺のご住職からつけていただくことが多いので

すが、生きている間に、仏様の教えに従って生きますとお誓いして、戒名をつけていただく人も多くなっています。

お葬式の時、この「戒名」をつけるのは、仏様の弟子となって仏様にお導きいただくためです。

Q なぜ座禅をするのですか

A 座禅とは、足を組み、手に法界定印を結び、背筋をのばした姿勢です。これは、長いインド文明の中で、地球上の人類が取りうる最高に楽な姿勢として発見されたものです。しかし、座禅を始めた当初は、足が痛んだり、眠気が襲ったりで安楽の法門とはほど遠く、早く抽解（座禅から立つ合図）の鐘が鳴らないものかと待ち望むものです。普段、いかに安楽の姿勢に背いた身体の使い方をしているかということです。

座禅をくり返すうち、家のローンや子供の教育、仕事上のトラブルなど日々のわずらいの一切を取り払って座るこの時が最高に贅沢な時間なのだということに気づきます。本当の安楽とは、こういう姿勢をして、それ以上のものは何も求めないところにあるのだとお釈迦様が教えてられるのです。

Q お盆になると、お仏壇の前にナスやキュウリを飾るのはなぜですか

A お盆になると、お仏壇の前に、「精霊棚」という特別な場所を作り、そこにナスやキュウリを飾ります。

ナスやキュウリには、おがら（麻などの茎の部分）を折ってつけた脚があるはずですが、キュウリは馬、ナスは牛にかたどっています。昔の人は、速い乗り物には馬。遅い乗り物には牛を使いました。一年に一度、ご先祖さまに来て頂く時。来る時はなるべく速く来て頂けるようにキュウリを馬にみたてて飾り、お帰りはゆっくりナスの牛に乗って下さいとお飾りするのです。

農業のさかんだった時代からの行事ですから、農作物を中心にした飾り方になります。

Q 輪廻転生は本当にあるのでしょうか。二年前、十七才の息子を交通事故で亡くしました。

A 前世があって現世があって、来世がある。今生は、無限の過去世と来世の間で、ほんの一瞬の間のことと思えば、今の苦しみも悲しみも取るに足らないようなことと思えて

きます。来世はもっと輝かしいものになると思えば心も慰められる。この世は一度きりではない、三世の一つと思えば、人をいじめたり陥れたりすることはやめようとも思うでしょう。

輪廻転生という言葉も結局は、今生きている自分たちのための言葉のような気がします。

息子さんは来世できっと生きていると思って下さい。

Q 正しい仏壇のおがみ方と手入れは

A 朝、洗面したら、仏壇の扉を開き、灯明をともして線香を立てます。仏飯と茶湯を供え、静かに合掌します。

食事が終わったら、あるいは昼前には仏飯、茶湯をさげ、灯明は消しておきます。内扉のある仏壇は、昼の間は内扉を閉め、外扉だけを開けておくようにします。いただき物があったら仏前に供えます。

一週間に一度ぐらいは、軽くほこりを払い、仏壇の内部は柔らかい布でふくようにしたいものです。金箔の部分は傷がつきやすいので、羽根バタキではたく程度に。

線香差し、燭台、りんなどは酸化して黒ずむこともあります。一ヵ月に一度ほど、布に真鍮みがき剤をつけて磨くように心がけましょう。

Ⓠ なぜ仏壇のおリンを鳴らすのですか

Ⓐ リン（鈴）は、本来、大勢の人々に知らせるための合図の鳴らしものなのですが、各家庭の仏壇のリンは、仏さまに対して「どうぞこのところにお出まし下さい」という意を伝えるための鳴らしものなのです。

おつとめの時はじめのリンは、これからおつとめをはじめますよという意味で、心をしっかりひきしめようという合図でもありますし、お経の終わりに打つリンは、ここで終わるという合図です。お経には決まった区切りがありますから、いい加減に打たず、菩提寺のご住職にお聞きして正しく打ちましょう。

リンを打つ時は、よい音色になるようにと念じつつ、上にすり上げるように打ちましょう。荘厳な音色がおつとめする心を落ちつかせてくれます。

Ⓠ 亡くなった人を北枕にするのはなぜですか

Ⓐ お釈迦さまはお亡くなりになる直前、侍者に命じて沙羅双樹のもとに衣をたたんで敷かせました。そしてその上に頭を北に向け、右脇を下にして静かに横たえられたのです。最後までお弟子たちに教えを説かれながら、息をひきとったといわれています。紀元前三八三年の二月十五日のことでした。

それから亡骸を北枕にする風習が生まれたのです。

Ⓠ 通夜のいわれを教えて下さい

Ⓐ お釈迦さまがお亡くなりになった夜もお弟子さんたちは、生前お釈迦さまが説かれていた教えをお互いに思い返しながら話し合いました。

同じ教えを聞いていてもお弟子さんたちの受取り方は微妙に違うものです。お弟子たちはお互いに話し合っていくうち、聞き損なったり、聞きもらしたりしたことに気づき、それぞれが改めました。このように、お釈迦さまの教えについて語りあかしたのが通夜のはじまりです。

仏様が亡くなってから次の生を受けるまで、魂が家に漂っている四十九日間を中有といいます。

その間は香を食べ物としているので（食香）、お線香は絶やしてはいけません。

恋という「毒」

二十三歳年下の彼が結婚

Q 十四年前一緒に暮らしていた人をガンで亡くし絶望している私に、二十三歳年下の若者が手をさしのべてくれました。毎日会いにきてくれ、きっとまわりの人も二人の仲を理解してくれるなど夢のようなことを言っていました。どんなにはかない関係かわかっていながら思いきって別れることができずに時が流れました。まる二年同棲もしましたが、彼が転勤して実家へ帰り、家族に見合いをさせられ、最近彼は結婚してしまいました。

今彼は三十四歳、私は五十七歳になっています。もう思いきって別れなければ辛すぎます。でも十年二十年先を考えると死にたい思いです。

本当の一人ぼっちになってしまいました。老いることのつらさを一人のさみしさをどうしたらいいのでしょうか。助けて下さい。

（宮城県　T子・五十七歳）

A あなたが四十三歳、彼が二十歳の時知りあって今までつづいた関係ですから、平たくいえば、あなたはずいぶん得したことになるわけです。二十歳の青年が三十四歳になるまで、つまり彼の青春をあなたは一人占めしてきたわけです。三十四歳の彼が結婚するのをとめることはできなかったでしょう。まだ別れきっていないということは、彼が時々、あなたを訪れていることなのでしょう。もちろん、あなたは、彼の結婚を機会に別れた方がいいでしょう。今の五十七歳はまだ恋をしてもおかしくない年齢ですが、彼の子供を今から産んであげるわけにはいかないでしょう。

いずれにしても、彼が現実に結婚したという事実を冷静に直視すべきです。ロマンチックな青年も三十四歳の現実的な人間になったのです。

彼の結婚を辛いけれども祝福して、あなたはしっかりと生きていって下さい。これ以上惨めにならないためには、あなたが悪追いしないことです。コレットの小説に『シェリー』という傑作があります。ぜひお読みになることをすすめます。精神的な関係で、もし彼との仲がつづけば理想的ですが無理でしょうね。人間は誰もみな所詮は孤独なのですよ。寂庵に遊びにいらっしゃい。

付き合っていた男性が自殺

Q もうすぐ二十七歳を迎える者です。二ヶ月前、付き合っていた男性が自殺しました。私とあの人の関係は何だったのでしょう。お互いに結婚するつもりでいました。彼の家は財産家で一人息子です。私の家は三人姉妹で両親が離婚をしています。彼は親の反対で板ばさみになっていたようです。

あの人は私をとても大切にしてくれました。私は彼の心の中の苦しみに気がつかなかったのです。人は彼のことを弱い人間だと言います。私はそうは思いたくありません。

（新潟県　H江・二十六歳）

A どんなに悲しいでしょう。心からお察しします。愛する人と別れるくらいこの世で辛いことはありません。でも。自殺した人は、どんな理由があったにせよ、やはり弱い人だったと私は思います。本当にあなたを愛しているなら、周囲の反対を説得し、どうしても出来なければ、あなたと話しあい、駈け落ちしてでも愛をつらぬけばいいのです。ひとり逃げて自殺したって、家族もあなたも誰一人幸せにはなれないではないですか。

きっとやさしい神経の細い人だったのでしょう。彼を弱虫とか卑怯とか思いたくないあなたの気持はよくわかります。遺書はあったのですか。

今となってはやさしくしてくれた想い出を大切にして共有した喜びに感謝し、彼の弱さと苦しさを思いやり、彼をゆるして冥福を祈ってあげて下さい。

今すぐにはとても無理でしょうが「時」がどうか過去を封じ、前むきに心を開き、明るく強く生きていって下さいますように。いつかきっと、あなたと喜憂を分けあって力強くあなたをかばってくれる頼もしい男性があらわれることを予言します。そう祈ります。

実は私のごく親しい友人の娘さんがあなたと同じ立場になりました。一時は悲しみの余り、その人は気がおかしくなるのではないかと心配でした。

それから三年後のこの頃、ようやく精気をとりもどし。前向きに幸せになりたい気持が生れてきたと言っています。

どんな心のなまなましい傷もいつかはかさぶたがはりそれが乾いて落ちる日が来るものです。いつでも淋しい時は寂庵へ遊びにいらっしゃい。

浮気を許してもらえない

Q 今、全く恥ずかしいのですが、渇愛の中でもがいています。たった一度の浮気を女房に責められ子供だちからも白い目で見られ、地獄の境地です。女房は別れたいの一点張りで許してくれる気配も見せません。四十六歳の私は、残りの人生を孤独に過ごしたくないというエゴもありますし、女房子供を愛しているのです。可能なかぎり誠意をもって人生を終わりたいと思っております。この気持ちを理解してもらうにはどうしたらよいでしょう。

（福井県　S夫・四十六歳）

A そんなに後悔しているのですから、あきらめず、もう一度真剣に奥さんにお話してごらんなさい。奥さんはあまりあなたを信じていたので、裏切られた口惜しさが反動となり、憎さ百倍、絶望感も千倍となっているのです。たった一度の浮気がどんな形でどのような人との間におこったかがわからないので何とも言いようがないのですが、相手が、奥さんの姉妹とか親友でないよう祈ります。そんな場合、奥さんの怒りはちょっと手がつけられないでしょうから。

でも私には、あなたがそんなに後悔しているのに奥さんが許さないというのも、ずいぶん頑固な情のこわい人だと思えます。でもここのところは、奥さんの欠点などは一切目をつぶってひたすら誠意を見せてあやまりなさい。それでも別れると言いはるなら、そんな女、別れてしまいなさい。もっと優しい人が見つかります。でも、あなたがまだ奥さんを愛しているなら、奥さんの気持ちが静まるまで、別居してはいかがですか。最低の生活費だけ持って、下宿してごらんなさい。それでもいい気味だという奥さんなら、もう見込みなしです。あきらめて、無一文になったあなたでも可哀そうだと言ってくれる人と一緒に暮らしてはどうですか。別れるなら、家裁にでも行って出来るだけの慰謝料を払ってあげなさい。それにしてもあなたも意気地なしですね。そんなに奥さんが怖いくせによく浮気などしたものだ。これにこりてもうしないこと。断食などしてみせると奥さんもびっくりして許すかもわかりませんよ。要するに誠意をかたむけること。

妊娠したが年下の彼は「結婚したくない」

Q 「それじゃあ、ついてきてくれる病院に。待っててくれる、終わるまで」と言った時、彼はついと横を向きました。

それさえも自分ひとりで全部処理しろというのか。この話し合いにしても大阪から京都の彼の家の近くまで私から出向いたのでした。妊娠二ヶ月のつわりの体で。一緒についてきてくれた友達は、

「そんなん信じられへんわ。男の方から飛んでくるのがあたりまえやないの、こんな大事な時に」

と特急に乗っている間中しきりに憤慨していましたが。友達の言うとおりやはり彼はそんなに冷たい人だったのか。今となってはもうおろすしかないのかと思った途端、彼は大きないかつい手で目頭を押さえました。泣いているのです。

夕暮れ時の喫茶店。楽しく談笑しているお客達の中で私達の座っているボックスだけが暗くおちこんでいるようです。

自分は一生結婚はしたくない、家庭にしばりつけられるのはたまらない。それに月給十五万ではどうにもならない。頼む、わかってくれと繰り返す四つ年下の彼。

彼とつき合い始めて三年間、ただの一度も結婚という言葉は出なかったけれど、心のどこかでいつかきっと知らず知らずのうちに期待していた私。

けれどももう今となってはおろすより仕方ないのでしょうか。（大阪府　K子・二十九歳）

A

愛し合っている者同士がセックスすれば子供が出来るのはわかり切っていることなのです。因によって果が生じます。もちろん彼にも責任はありますが、やはり四つ年上のあなたがこういうことになる前にしっかり避妊をすべきだったのです。

あなたにとってはおそらくこれはひとつの賭けだったのでしょう。今まで結婚という話は一回も出はしなかったけれども、もし彼の子供を身ごもれば、彼と結婚出来るかもしれないというひそかな打算がなかったとは言いきれないでしょう。

そして結果的にその賭けははずれた。それでもどうしても彼の子供を産みたいというのならそれもいいでしょう。

ただ彼の場合、経済的にあまりゆとりがないようなので、経済的にも精神的にもあなたに子供を育てる自信があればの話です。

とにかくあなたの御両親にことの次第をすべて隠さず話してごらんない。自分達だけで解決しようとしないで向こうの御両親にもお話しした上で、もう一度考え直してみることです。

ただし、彼は頼りないけれど正直で善良な人のようですから、離さないよう努力したらどうですか。

五年間同棲した彼が妹と入籍。祝福できない

Q 今年三十歳になるＯＬです。

この六月、五年間、一緒に暮らした彼と別れました。彼とは籍を入れていませんでしたが、私にとって彼との生活がすべてでした。こんなふうに突然、彼の方から別れを切り出されるとは思いもよらないことでした。

原因は、彼と私の妹がつきあうようになったからです。私が彼のＳＯＳに鈍感になって

いた時、私は偶然にも彼に妹を会わせ、何度か食事を共にしたのです。それがきっかけで彼と妹は心を寄せ合うようになり、彼は私と別れ、妹と一緒になる道を選んだのです。

彼と私とのことを知っている両親は反対しましたが、妹は動じませんでした。妹は「お姉ちゃんはあの人にとってはもう別れた人なのだし、籍を入れていたわけでもないので、私が誰と恋愛しても自由だ」と開き直りました。

結局、妹は両親の反対を押し切り、家族との縁も切るといって家を出て、彼の元へ行きました。その後、「新しく二人で住むマンションも決めました。近々、籍を入れます」と連絡が一回あったきりです。なぜ、こんなことになったのでしょう。

妹は出ていく前、「本当に私のことを家族として愛してくれていれば、私たち二人を祝福してくれるはず、今のお姉ちゃんは彼を取られたくないというエゴにとりつかれているだけだ」と言いました。その通りだと思いました。

そもそも、私が彼の気持ちをもっと理解して、思いやりをもって接していればこんな結果にはならなかったと思うのです。でも、二人の間を認めて祝福するなど、私にはどうしてもできません。

この先、どうして私は生きていけばいいのでしょうか。

（青森県　C子・三十三歳）

A

世間によくある話ですね。

あなたは妹さんのことを一方的に責めていますが、悪いのは妹ではなく彼です。そして、五年も一緒に生活していながら、籍を入れなかったあなたも怠慢です。

男女の間は五年たてば倦怠期です。

結婚していれば、子供もいるでしょうし、夫婦とはこんなものだと思ってお互い辛抱もしますが、男女関係で五年もつきあっていれば倦怠期がきて当然です。彼の心が他の女性に心変わりするのも無理はありません。

男女の間は五分五分です。彼にも責められるべき点はあるでしょうが、彼の心を見抜けず、妹さんに取られるような隙があったあなたにも原因はあります。

もう今さら、逃げた者を追いかけたって仕方がありません。彼との間は修復できないでしょう。

現に、二人はもうきっちり籍を入れて新生活をスタートさせているのです。

あなたをエゴだという妹さんはもっとエゴだけれども、それも仕方ありません。

血のつながった妹と思うから腹がたつのです。もうこれからは他人と思い、一切の関係を絶ちなさい。そんな腐った関係に未練をもたないで、すっぱりとあきらめて、新しい人生の一歩を踏み出すのです。応援しています。

好きな彼の気持ちがわからない

Q

二十八歳のＯＬです。

内気で、今まで、男性とおつきあいをしたことは、一度もありません。

そんな私にも、職場で好きな人ができました。

なかなかデートを言い出せないでいましたが、二月のバレンタインデーに、思い切って、チョコをプレゼントしたところ、ホワイトデーに、食事に誘ってもらいました。夢のようなひとときでした。

しかし、彼（二十五歳）から、おつきあいをしたいと言われたわけではありません。私も、はっきりと言い出す勇気をもちません。

メールアドレスを交換しあいましたが、私がメールをしても、あまりかえってきません。かえってきても、今、他の女友達と食事をしているなどというメールであったりして、私は嫉妬に狂いそうです。

彼は、私のことを好きではないのでしょうか。私は、彼と結婚を前提としたお付き合いをしたいのですが、無理なのでしょうか。

（岐阜県　F子・二十八歳）

A　あなたの彼を思う恋心、痛いほど伝わってきます。
あなたは、年齢的にも、結婚を考える年頃だと思います。しかし、彼は、まだ二十五歳。まだまだ、結婚より、遊びたい年頃だと思います。

しかし、あなたは、彼を自分のものにしたい。では、彼をひきつけるコツを伝授しましょう。

まず第一に、彼を束縛しないことです。

そして、愛に見返りを求めないこと。あなたが彼を好きになったのは、あなたの勝手です。彼があなたに頼んだわけじゃない。愛の押し付けをすると、男は逃げます。

彼をひきつけたいなら、たとえ嘘でも、演技でも、時には、彼に、背中を見せること。そうすれば、彼は、かえって、あなたに、関心をもつでしょう。

好き好きといって、目の色を変えて、彼を追うのではなく、自分を魅力的にする努力をし、メールもひかえ、多少、冷静な態度をとってごらんなさい。彼は、あわてるかもしれません。

人は人を愛するため、この世に生まれてきたのです。彼を好きになったことで、あなたの目にうつるすべてのものは輝き、美しくみえるでしょう。恋は楽しいものです。それを与えてくれたのは、他ならぬ彼なのです。それだけでも感謝しましょう。

コーラス仲間と恋仲に。亡くなった主人に気兼ねしてしまう

Q 私は二人の息子、四人の孫と暮らしています。主人には十年前、先立たれました。趣味は洋裁、コーラス、カラオケ、民謡です。老人クラブの役員もしており、充実した日々を送っています。

相談と言いますのは、私の恋愛のことです。半年前より、コーラス仲間の人と親しくなりました。彼がつい最近、奥様を亡くされて落ち込んでいた時、私の方からいろいろと話しかけるようになったのがきっかけでした。そのうち、二人で喫茶店に入り、お茶を飲むようになりました。彼の車でドライブに行くようにもなりました。そして、誠実な彼とお茶のお友だち以上の関係になったのです。淋しい者同士、心で慰め合っていきましょうと、いつも二人で言い合っています。彼は私より二つ年下です。私は年上なのに、彼と会えるとなると、まるで小娘のようにはしゃいでしまいます。彼と二人で食事に行ったり、カラオケに行ったり、それは楽しいのです。でも、そんな時、ふと頭をよぎるのは、十年前、病気で見送った主人のこと。私たちの時代は、戦争、終戦、地震、水害といろいろな目に

あいました。復員した夫は生活のために身体をこわしました。それでも、二人で力をあわせて子供たちを大きくしてきたのです。三十九年間もの間、苦労を共にしてきた主人、その主人が今の自分の姿を見たらどう思うでしょうか。あの世へ行った時、私は主人にどんな顔をして逢えばいいのか。

彼と忍び逢い、楽しい時を過ごしつつも、そんなことを考えたりしています。

また、老人クラブの友だちや家族にばれたらどうしようという恐れもあります。彼は、別に悪いことをしているわけではない、はっきり割り切って、しばしの老春を楽しもうと言ってくださっているのですが。

この年になって、こんな気持ちになるとは思いもよらなかったこと、人生とは、人との出会いとは本当に不思議なものです。寂聴さんのお考えをお聞かせ下さい。

（福井県　F子・七十五歳）

A

七十五歳の恋愛、大いに結構です。恋することでお互い生きる力が湧けば、それ以上のことはありません。誰に遠慮もいりません。

あなたは、世間や亡くなったご主人に対してうしろめたいと感じていらっしゃるようですが、御主人はあなたの今の幸福を喜んでくれるでしょう。あなた方は不倫ではないのです。正々堂々と恋愛してほしいものです。老人クラブの人たちに知れて、人が後ろ指をさしたところで、何ら恥ずかしくはないのです。

ただ、ごたごたするのが面倒なら、人になるべく知られないように努力しなさい。家族にも、わざわざ話す必要もないでしょう。結婚という形式にとらわれると、財産問題等が生じて、家族内でトラブルが発生しないとも限りません。今のまま、恋愛を楽しむことをおすすめします。

若い人たちはこの先、いくらでも恋する機会はあります。けれども、あなた方は「今」しかないのです。思い残すことのないよう、老春を存分に享楽して下さい。

老人ホームで好きな彼女ができたがライバルが

Q 有料老人ホームに入居中の男性（七十五歳）です。

私は七十歳の時、妻に死に別れました。それから家をリフォームし、息子夫婦と同居を始めました。

しかし嫁はきつい性格で、私の食べ方がきたないとか、私の身体が臭いなどと無礼なことばかり言うので、「この家をおまえ達に売ってやるから金をよこせ」と息子夫婦に迫りました。

息子は家を担保に銀行から金を借り、私に二千万円渡しました。

私はその金を元に、有料老人ホームへ入ったのです。入居時に一千万、月額十五万の支払いです。三食は下のダイニングで頂きます。とてもおいしく満足しています。

このホームで、私は社交ダンスを始めました。男女ペアになり、モダンやラテンの曲に合わせて踊るのは、天にも昇る心地良さ、私は次第に社交ダンスにのめり込ました。そして一人の女性とペアを組んで踊るうち、やがて彼女を深く愛するようになったのです。彼女は七十三歳、ご主人を亡くし、一年前からこのホームに入居しています。年齢よりかなり若く見える美人です。愛は告白しましたが、身体の関係はまだありません。彼女を好きなのは、私だけではなく、A男（八十歳）も彼女を狙っています。月に一度の社交ダンスパーティーで、彼女はいつも私とペアを組んで踊っていたのに、四月のパーティーでは、彼女はA男とペアを組みました。

A男に彼女を略奪され、私は嫉妬に狂いました。噂によると、A男は彼女にいろいろと高価なプレゼントをあげているようです。私も残りの預金を彼女のために使いたいという衝動にかられています。一方で、いい年をして何をしているのだ、頭を冷やせと戒める自分もいます。

こんなことを考えている私はおかしいのでしょうか。

（熊本県　S男・七十五歳）

A

老人が恋をして、セックスに憧れて、どうして悪いのですか。八十代でも九十代でも、恋に年齢は関係ないと思います。

老人とは残るこの世の時間の少なくなった人のことです。だからこそ、いっそうこの世を愉しむ権利があるのです。

あなたが彼女を好きな心情が痛いほど伝わってきます。嫌いな嫁たちに財産など残してあげることはありません。彼女の気をひくため、プレゼントをしたければ好きにすればいいでしょう。

　しかし老人ホームでよく、心中事件や、恋愛のもつれの刃傷沙汰などが起こって、週刊誌のネタになったりしています。

若者は、今の恋愛を失っても、次の恋に期待できます。しかし老年の恋は、これが最後かもしれないという思い入れが生まれるから、執着も未練も強くなるのでしょう。

　くれぐれも理性と品性は失わず、最後の恋愛を楽しんで下さい。

コラム❷

仏教こんな時どうする？

Q 仏壇に異宗派の位牌をまつっていいのですか。亡くなった母親と父親とは宗派が違うのですが、狭い家に二つも仏壇は置けません。

A 生前はたとえ宗派、宗教が違っていても、皆仲良くしています。死んだからといって、いきなり関係を断ち切るというのもおかしいですね。

死後があるかないかとの質問に釈迦は、何も答えられませんでした。つまり「無記」です。私も死後の世界へ行ったことはありませんが、仏壇に異宗派の位牌を置いたからといって、仏壇の中で大喧嘩が起きているとは思えません。

死後もお父さんとお母さんが仲良くいられるように一緒に位牌を並べてあげていいと思います。

Ⓠ 嫁ぎ先の仏壇に両親の位牌をまつってはいけませんか。私は一人っ子ですので、両親の位牌は私がまつらなければなりません。部屋が狭いので仏壇を二つも置くゆとりはありません。主人は「そんなことをしたら。仏さん同士で喧嘩をするのではないか」と不安そうなのですが。

Ⓐ 今の住宅事情を考えれば、ひとつの仏壇に両家の位牌を入れるのもやむを得ないでしょう。「ごめんなさいね、うちの両親の位牌も入れて下さいね」と婚家のご先祖に頼んで入れてもらってはいかがですか。仏様は、そんなことはけしからんなどとはいいません。喧嘩もしません。快く許して下さるはずです。

Ⓠ 多額のお布施をするといい戒名がもらえると聞きますが、死んでまでお金で差をつけられるのは納得いきません。戒名なしであの世へ行きたいのですが。

Ⓐ 戒名にも階級があるのかと問題になる院号は、昔は高貴な人、仏教の保護者、篤心者だけにつけられたもので、院殿号は大名だけに限ったものでした。院殿号や院号を在家の人につけるのは、本来おかしなことですが、在家の人もそれを見栄でもらいたがり値

段が生まれたのでしょう。寺も戒名で金もうけをするなどもっての外で、仏教の堕落を示しています。

あなたが無宗教で、あの世なんか信じず、葬式も無宗教でなさるなら、もちろん戒名などいりませんし、お墓にも俗名を刻んでいいわけです。そういう人も増えています。戒名とは死人を出家させるのでつける法名です。

Ⓠ「密葬」とは何ですか？　うちも両親が亡くなれば密葬にしようかと思っているのですが。

Ⓐ「密葬」とは「本葬」に対して用いる語です。例えば会社の社長が亡くなった場合、まず親族だけでお葬式をすることがあります。これを密葬といいます。そして、火葬などすべてが終わったあと、会社が主体となって「本葬」をするのです。

ご両親のお葬式をご親族だけでしたい場合、これは密葬とはいわず、あえていうなら「身内のみの葬儀」でしょうか。身内だけの葬儀は、会葬者に気を使うことなく、ゆっくりと故人とお別れできますが、後日、故人の死を知った方々が次々と弔問に見えたり、お香典を送ってこられたりします。毎日のようにその対応に追われるのは、それはそれでとても大変なようです。

Q つい先日、母親が亡くなり、火葬場へ子供（四歳）を連れていきました。親類に、子供に死人の顔など見せるものではないとたしなめられましたが、寂聴さんはどうお考えですか。

A 今の子供はテレビが大好きです。テレビに出てくる人たちは、殺されてもすぐ生き返ります。そんな非現実的な世界に慣れてしまっている子供の一人が殺人を犯し、「なぜ、あいつは生き返らないのだろう」とうそぶいていた事件は世間を震撼させました。人間はやがて死んでいくものです。死ねば焼かれて灰になるのだということを、私たち大人は子供に見せなければなりません。

聖路加病院の日野原先生もお孫さんを葬式や墓参りによく連れていかれるとおっしゃっていました。そこで人間は死ぬということを覚えさせるのです。死人を見れば、命の尊さを知ります。人を殺してはいけないのだということもわかるはずです。あなたが、子供さんを火葬場へ連れていったことは正しいのです。

Q 亡くなった主人は「ぼくが死んだらお坊さんのお経よりお前の般若心経がいいよ」と常に申していましたので、朝に夕に唱えておりました。先生のご本『寂聴般若心経』では「般若心経は何宗にあげてもよいが、浄土真宗はあげない」とありました。代々浄土真宗なので、お経をかえたほうがよろしいのでしょうか。

A 御主人があなたの般若心経がいいとおっしゃったのなら、それをあげてあげるのが一番の供養になると思います。浄土真宗は宗祖の親鸞が、阿弥陀さまを念ずれば難しいお経はいらないと考えたのです。般若心経で御先祖や御主人に悪いことはありません。もちろん、朝夕、心経の後で南無阿弥陀仏を気のすむまで唱えてあげて下さい。

Q お仏壇に花を供える時、あの金色の小さな花を必ず活けなければならないのでしょうか。売っている仏花は色々な花を束ねてあるので直径二センチもあり、水があふれてしまいます。ふつうの花瓶に活けてはいけませんか。

A ふつうの花瓶で結構です。でも花屋さんの仏花をそのまま活けないで、束をほぐして、好きな花だけかっこよく活けては如何？　一、二本でも美しい花があるほうが仏さまも喜ばれましょう。

Q 人間は死ぬと土に帰ると言いますが、墓の中の骨壺におさめられては、土に帰れないような不安な気がします。土に直接骨をおいてもらって早く腐って土に帰りたい気がします。まだまだ墓も墓地もない自分が一代目となる者ですが、この不安を解消する良い方法をお教え下さい。

A おっしゃる気持ちはよくわかります。私もあの焼場で売っている骨壺はいやだなあと思っていました。そのまま土に埋めてもらいたいですが、自分で陶器か木で骨壺を造って、入ろうかなと考えたりします。

嵯峨野の常寂光寺では、独身の女性たちが「女の碑」という平和の碑を建ててあるので有名ですが、戦争で結婚のチャンスを失ったり、夫や恋人に戦死され、やむなく独りになった女性たちの会ですが、お墓がないので、会の人たちの骨を入れる納骨堂が建ちました。その納骨堂は堂の中に井戸のように深い穴を掘り、その中へ誰の骨もガーッと一緒に入れるのです。とてもいいなと思いました。

お墓の型式とか、造り方の約束とかお墓屋さんは色々言いますが、自分でお金を出して造るのですもの、どんな形でもいいでしょう。お好きになさい。

Ⓠ 新興宗教に入っていましたが、疑問を感じるようになり、脱会しました。膨大な数の資料や本を処分しようとしたら、信者の人たちから「バチが当たる」と脅されました。どうすればいいでしょうか。

Ⓐ 寂庵へ送りなさい。私が処分します。バチが当たるなら私に当たるでしょう。たくさんお金を取る、教祖が仏の生まれ変わりだとうそぶく、人の不幸は先祖の祟りだという、この宗教をやめたら「バチが当たる」などという宗教は、悪い宗教です。あなたは勇気を出して脱会してよかったですね。知識より知恵を養い、くれぐれも悪い宗教にはひっかからないようにして下さい。

Ⓠ 二十代の頃、不倫の末、中絶をしました。週刊誌に水子地蔵を買うと水子が救われると宣伝されていました。水子の祟りにおびえています。買った方がいいのでしょうか。

Ⓐ そんなお地蔵を買う必要はありません。

大事なのは、産めなかった子供のことを忘れないでいることです。道端にふとお地蔵様の姿を見たら、「あの子がいる」と思って、手を合わせて「あの時、産んであげられなくてごめんね」とあやまればそれが供養なんです。水子はあの世で幸せになっています。祟りなど絶対にありません。祟りというのは、祟られるんじゃないかという脅えが、不幸を呼ぶのです。

Ⓠ 娘は夫が病弱、子供に恵まれないとか。夫が会社で出世が同期の人より遅いとか、苦に病んで世間で有名な女占い師の所へ相談に行きました。その人は、先祖のまつり方が悪い、仏壇を買いかえろ、墓も悪いから、墓も建てかえろと言い、娘は言いなりになって大変な借金をつくってしまい、ノイローゼになりました。仏壇屋も墓屋もその占い師は指定して、そこのでないとダメだと言うのだそうです。だまされた娘がバカだと思いますが、本当に墓相とか、仏壇の良し悪しとかあるのでしょうか。また先祖の霊とはまつり方に文句をつけるものでしょうか。お教え願います。

Ⓐ 同じような話をこの頃たてつづけに聞きました。同じ人のようです。もう一人の人は、御主人が亡くなり入った生命保険の三千万ばかりのお金を全部使い果されたと泣いてき

ました。貯金通帳をもって来いといって、あるだけ、あれこれ買わせるのだそうです。人の弱みにつけこんで、仏教をだしに使って金もうけをするなんて、実に罰当たりな商法です。そんなことばにだまされない自分をしっかり持つよう娘さんに注意してあげてください。

仏壇など何でもいいのです。リンゴ箱だって、きれいに洗って紙をはって塩で清めて。それにお位牌をまつり、花と線香とお水をあげれば立派な仏壇です。かんじんなのは、形でなく、先祖に対する感謝の心です。今自分があるのは先祖のおかげなのですから、それを忘れないため感謝し、先祖の菩提を心をこめて祈ればいいのです。

墓も同じで、高価な大きな墓を建てる必要はありません。生きている人間の住む土地の買えない時に、墓地を買うゆとりのある人は少ない筈です。そのうち政府が墓地も墓も安く入手出来るよう考えてほしいものです。そういう運動をおこす方がよっぽど先祖供養になります。いつも言うように、先祖の霊が子孫にたたったり、苦しめたりする筈はありません。お釈迦さまをはじめ立派な宗祖たちは、自分の死後葬式はするな、墓など建てるなと言っておられます。葬式や建墓は残された者の気持からはじまったものです。大体日本でも庶民が墓を持つようになったのは江戸時代の初期からです。それまでは死体は土に埋めて、動物に荒らされないよう石を乗せて保護しただけでした。

Q 寂庵の写経の日に通っています。この間、寂聴さんの写経の終りに名前を書くところに、「沙門　寂聴」と書かれているのを見ました。

沙門良寛というのも見たことがあります。沙門の意味を教えてください。

A Śramaṇa（サンスクリット語）samaṇa（パーリ語）の音写で、「しゃもん」とも「さもん」とも呼びます。沙門那、桑門、喪門ともいいます。

お釈迦さまの存世の頃は、仏弟子たちはみんな同じように「沙門」とか「釈子」とか呼ばれていました。

インドでは出家者のことを呼ぶ総称です。出家者とは剃髪し、様々な悪い行いをやめ、身心を制御して、善に励み、悟りを得ようとつとめる人のことです。仏道修行の出家者をあらわす言葉です。私は出家していますので、沙門といっていいわけです。

僧侶には各宗派とも位があります。私も正式の位は権大僧都というのですが、そんな位をいうよりただの沙門という方が好きです。寂聴尼と書いてもいいのですが、私は沙門の方が尼というより好きなのでこう書きます。

夫と妻

主人を自殺に追いやったのは私

Q ついーヵ月前、主人を亡くしました。ビルの屋上から飛び降りての自殺でした。主人を殺したのは私です。私が主人に何げなくこぼした愚痴が主人をひどく傷つけ、発作的に自殺にまで追いこんだのです。

主人とは見合い結婚でした。幼い頃に脊髄カリエスを患ったという主人は、身体がひどく弱く、働く意志はあるのですが、仕事に身体がついていかず、又、気の弱さも手伝い、結婚以来三十年の間に、かれこれ二十回ほども転職したでしょうか。その都度、減給、ますます仕事場での待遇も悪くなっていったようです。

毎晩のように主人の愚痴を聞きながら、私は、保険のセールスの仕事を続け、子供二人を大学までやり、二人とも大企業といわれる会社に就職させるところにまでこぎつけました。中古のマンションもローンで買いました。ここまで辿りついた時ふと、私の人生は一体何だったのだろう、三十年もの結婚生活で、真から幸せだなあと思ったことがあったのだろうかと虚しい気持ちに襲われたのです。不眠を訴える主人の首をもんでやったり、身体をさすってやったり、医者に行くのをいやがる主人を何とかなだめすかして連れて行ったり、気がついた時には私はもう六十歳です。これで私の人生は終わるのでしょうか。そんな虚しい思いにとらわれていた矢先のこと、又、主人が身体の調子がわるいと腹を押えているのです。気分が悪くなったらしく、畳の上には、主人がもどした吐瀉物がすえた臭いを放ちながらぶちまかれていました。

「洗面場で吐けばいいじゃないの。どうしてわざわざこんなところに」

言いながら私は泣いてしまいました。

「いつまで私を働かすつもり!」

その日の夕方、主人は、ビルの屋上から飛び降りたのです。この先、私は主人を自殺に追いやったという自責の念を背負いつつ生き長らえていかなければならないのでしょうか。

(島根県　A子・六十歳)

A　御主人が自殺したのは、断じてあなたのせいではありません。

お手紙から察するところ。御主人は、この三十年もの間、何かと体の不調を訴え、精神的にも脆い方だったようです。

そんな、もともと生命力の弱い方が、今まで生き長らえてこられたのは、ひとえに、しっかり者のあなたが、常に側について御主人を引っぱってこられたからこそだと思います。

御主人が不調の際、苦しみを共に分かち合うあなたがいなければ、御主人は、もっと以前に、死んでいた人だったのかもしれません。

身体の弱い御主人を支えながら。子供二人を育て上げ、人もうらやむ大会社に就職までさせるなど、なかなかできることではありません。本当にお偉いことと思います。よくこれまで、いろいろな苦労に耐えていらっしゃいました。

今さら、仏さまになった人のことをくよくよ思い煩ったところで仕方がありません。あなたまでが御主人と同じようにノイローゼになり、自殺に追いこまれるほどつまらないことはありません。ただ、「最後に、もう少し優しい言葉をかけてあげればよかったのにごめんなさいね、わるかったわ」という謝罪の気持ちで供養だけは忘れずにしてさしあげなさい。それだけで充分です。

今こそ、あなたの自由な時、青春時代をとり戻すつもりで、御主人からも子供さんからも解放された残された人生を思う存分楽しみなさい。

見合い結婚の夫が事故で下半身不随に

Q 結婚してほんの一年足らずで、夫が交通事故に遭い、下半身不随となってしまいました。

右手にも多少、後遺症が残るようで、おそらくもう働くことは、無理だと思われます。今、一番悩み苦しんでいるのは夫自身です。しかし、この先下半身不随の夫を抱えて生きていく自信が私には、ありません。といって、妻でありながら、夫が事故にあったからと、即、離縁するというのも、何とも薄情で、私自身とても揺れています。

実家の両親は、子供がいないのだし、まだまだやり直しはきく、早く離縁して帰ってこいと言います。

夫とは見合い結婚です。特に、激しい恋愛で結ばれたわけでもありません。

右手の不自由な夫にご飯を食べさせながら、このまま、私の一生が終わるのかと思うと、私もたまりません。

私は、どうしたらいいのでしょうか。

（静岡県　K子・二十五歳）

A

辛いことばかりがずっと続くことはありません。がんばって辛抱して看病していれば必ず、手をさしのべて、助けてくれる人はあらわれ道が開けてくると思います。

私の女学校の時の友達で、私と常に成績も一、二位を争った才色兼備の人が、いました。どんなに幸せな結婚をするかと皆がうらやむぐらいの人だったのですが、職業軍人と結婚し、自分も学校の教師をして家を支えて、子供もようやく成人させたんです。そんな矢先、ご主人が奇病にかかり、寝たっきり、自分では一切動けない身体になってしまったんです。彼女がご主人のすべての面倒を見る生活だと聞いていました。

一昨年、卒業五十年の同窓会があり、彼女も出席していました。

「よく来たねえ」って思わず言ったら、でも、二十分も留守にできないから、すぐ帰らないといけないって言うんです。三十分も、ご主人を放っておけない。

もし、その三十分の間にひっくり返ったらひっくり返ったままだから、あぶなくて、目を離せないって言うんです。

「かわいそうに」って思わず私が言いましたら、私をこっそり部屋の隅へ呼んで「ハーちゃん、それでもね、私、その動けなくなった夫がかわいくって仕方がない」って言うんです。「あんな風に自分一人では動けなくて、私一人をすがって生きてるその目を見たらもう、神様よ。私は、彼がいとおしくて、かわいくて仕方がない。この世で自分をこんなに頼りにしてくれている人がいるというだけで私は、生きがいがあるの。だから、人は、私をかわいそうと思ってるかもしれないけれど、私は、ちっともかわいそうなんかじゃない」。決して無理でも何でもなくそう言うんです。そう言った時の彼女の顔は、観音様に見えました。

しかし、それと同じことを若いあなたに要求するのも酷です。あなたがどうしても辛抱ならないなら、離婚して新しい人生を踏み出すことは、誰にも止められません。

あなたの親御さんのおっしゃるのも無理はありません。離縁したとして舅姑さんも、何も恨み言など言えないはずです。また、あなたのことを本当に愛し、あなたの将来を考えれば、夫の方から別れてくれと切り出すのが男の立場でしょう。

あなたが神か仏の気持ちになって、夫と共に生きていくか、否か。最後は、あなたの夫に対する愛の深さの問題だと思います。

二十八歳の妻がうつ病で自殺

Q つい先日、妻が自殺しました。二十八歳の若さでした。結婚前からうつ病の気があり、病院にもかかっていました。僕はそんな翳りのある彼女にひかれ、彼女の純粋さに感動して両親の反対を押し切って結婚しました。入籍もしました。二年前のことです。

今まで妻は、何度自殺未遂をしたことでしょう。今、手首を切ったと言っては私のポケットベルを鳴らし、今から飛び降りると脅しては仕事場に電話をかけて寄越しました。その度、僕は家に飛んで帰り、事なきを得ていました。ぼくたちはそんな中でもほんとに愛しあっていました。ぼくは船のインテリアデザイナーの仕事をし、妻は宝石デザイナーでした。時々するけんかは、ぼくが仕事に熱心すぎる、何もしないでいいから自分と一緒にいてくれという妻の要求からおこりました。

ある日、妻が家出をしました。新聞紙にマジックでホテルの電話番号が書きなぐってありました。妻のSOSです。ぼくはホテルに電話してフロントに頼み、妻の無事をたしかめてから、どっと疲れが出て思わず眠ってしまいました。妻の不機嫌で仕事がたまり、二日徹夜がつづいていたのです。

その日の夜中、妻は薬を多量に飲み、ホテルで自殺しました。

どうしてあの時すぐホテルに駈けつけなかったのか、妻は僕が殺したのでしょうか。


（東京都　K介・三十二歳）


A 人が自殺する時はほとんど精神が正常ではありません。

正常な人間なら自分が自殺したら、周りがどんなに嘆き悲しむか、どんな迷惑を被るかを考えるものです。そういうことを考える余裕がなくなり、ただ自分のことしか考えられなくなるまで何かの原因でノイローゼになっているのです。

私の昔の恋人も、嫁入り前の娘や大学受験の息子がいるのに自殺しました。

本来思いやりのある他人の痛みのよくわかる人でした。でも事業の失敗に追い詰められた上、ガンが再発していた彼は自殺しました。やはりノイローゼになっていたに違いありません。

断じてあなたが奥さんを殺したのではありません。そんな風に自分を責めるのはおよしなさい。たとえ、あなたがホテルに駆けつけ、その時は奥さんの命を取りとめても、また必ず同じように奥さんは自殺のまねをくり返したでしょう。

奥さんはあなたに甘えきっていたのです。あなたの愛をたしかめたく、ふりむかせたく狂言自殺が癖になっていたのでしょう。

あなたは奥さんにできる限りのことをしてあげました。そのことに奥さんはあの世で深く感謝されているに違いありません。もう奥さんは仏様となったのです。あの世で楽になったのです。

今はあなたの守護神となり、あなたを守っているのです。今日も今ここにあなたと共に生きているはずです。

あなたも一度病院に行き、健康チェックを受けてから新しい生活をはじめて下さい。

夫ともう二年以上セックスレス

Q 四歳の娘を持つ三十一歳の主婦です。結婚して四年になります。主人は三十四歳です。

セックスレスです。もう二年以上になります。喧嘩をすることも多くなりました。その度、夫婦の間は冷えていくように思えます。午後十一時ごろ、仕事から帰った主人は疲れた顔でビール片手に新聞を読むだけ、夫婦の会話はほとんどありません。

私には好意を寄せている人がいます。相手は独身です。よく話す社交的な人で、この人に娘の兄弟を作ってもらおうかなどと考える時もあります。馬鹿な話です。相手にも失礼です。でも主人に対する思いは全く冷めてしまっているのです。いっそ離婚をしようかと迷っています。どうしたらいいでしょうか。

（愛知県　E子・三十一歳）

A　よくそういう相談を受けます。あなたのご主人だけではありません。そういう弱い男性が多くなったというのは一種の社会現象のようですね。セックスをするだけが夫婦ではありませんが、あなたがそういうご主人に対して不満だというのは健康な証拠です。

どうしてしないのか、私が嫌いになったのか、身体の調子が悪いのか、本当は性的対象が女性ではないのか、一度、ご主人ときっちり話しあわれたらいいと思います。

それでも真っ向からあなたに向き合わず、のらりくらりかわすような人なら家裁に相談して別れ話にしてみるのも一つの考えです。

嫌がる夫に手術をさせたが

Q 私は主人を殺してしまいました。
主人が肝臓ガンとわかったのは、二ヶ月前。医者は手術以外に延命の方法はないと診断しました。
主人はガンだと告知されても、一貫して手術を拒否し続けました。どうしてもいやがる手術を医者と一緒になって、私は説得し続けたのです。そして無理やり手術させ、一週間のちに亡くなりました。六十二歳でした。無念です。医者が憎いです。私が主人を殺したようなものです。どうしていいかわかりません。

（東京都　R子・六十歳）

A 医者はすぐに手術したがります。私もあなたのご主人と同じようなケースを何度も見聞きしています。でも、今更、医者を責めてもご主人がもどってくるわけじゃない。ご主人が拒否しながらも、手術をし、そして命を落としたことがご主人の定命なのです。あなただって、あくまでもご主人のためを思ってしたこと、あなたの責任ではありません。ご自分をあまり責めるのはおよしなさい。

この苦い経験を生かして、医者の言葉を信じすぎないことです。でも、また、医者の言うことをきいて手術した方が助かったのに、手術を拒否したがために死ぬ場合だってあります。これもまた、定命です。これからのあなたの人生を元気で楽しく生きていくことがご主人への一番の供養です。くれぐれもこんな場合につけこんでくる怪しげな新興宗教にひっかからないよう注意しなさい。

夫が透析生活に

Q 夫（四十歳）が腎臓病になり、入院しました。退院しても、週二回、透析を続けなければならず、普通の生活は望めなくなりました。
まだ子供も小さくて、死ぬわけにもいかないのに、なぜ、こんなことに。夫は、子育ても手伝ってくれるよきパパ、また、ボランティア活動にもいそしむ本当にいい人です。そんな人がなぜ、こんな病気にならなければならないのか。どうしても納得できないのです。

(栃木県　R子・三十五歳)

A

今、私は釈迦を書いています(註・回答当時)。

全集のための書き下ろしで、そのために四苦八苦しているのですが、書いていて、思わずペンが止まる時があります。

それは申し分なくいい人が、とてもみじめな死に方をしたり、危険な目にあったり、無残な死に方をしている場面です。

そういう時、納得のいかない弟子は、釈迦に説明を求めます。しかし、釈迦は何も答えない。黙っています。結局、いいことをした人が必ず幸せになり、いい死に方をするとは限らないということです。

以前、娘さんをガンで亡くしたお母さんが嘆き悲しんでおられたことがありました。広島で被爆したお母さんでしたが、娘さんの死がどうしても納得できない。「あんなに人の為につくした、本当にいい子がなぜ、ガンで死ななければならないのか」。

耐え難い苦しみを受けることを「代受苦」といいます。それは非常にすぐれた人にしか来ないものなんです、とそのお母さんに言いますと、

「それくらい優秀な子でした」とそのお母さんは答えました。

私は、そのお母さんに巡礼へ行くよう勧めました。四国八十八ヵ所を回っている途中で、その方は脳溢血を起こし、病院に担ぎこまれました。それから一ヵ月後、その方は息を引き取りました。お寺にお参りをしたらいいことがあるとは限らない。私は尼僧ですから、大変言いにくいことですが、これが現実なのです。

結局、身にふりかかったことは耐え忍ぶしかない。釈迦の話の中でも、最後の最後までしなければならない修行は忍辱の業だと教えています。自分の身にふりかかったあらゆることを受入れ、辛抱すること。耐え忍ぶこと。

あなたもお辛いでしょうがこういう時こそ、家族皆で力を合わせて乗り切って下さい。さらに、固い絆で家族全員がむすばれますように、心より祈り続けます。

夫とこれ以上暮らしたくない

Q もうこれ以上夫とひとつ屋根の下に暮らしていくのに耐えられないのです。夫の何もかもが目障りで気に入らないのです。夫は四十歳、銀行員です。

最初から特に好きというのでもなく、どうしてもこの人と一緒になりたいと思ったわけでもなく、要するに相手は誰でもよかったんです。ちょうどその時私も二十六歳、そろそろお嫁に行かなきゃと焦り出していた矢先、当時、銀行で同僚だった今の主人にプロポーズされて。なりゆきで一緒になり、子供は男の子が二人います。

主人の言うことは、メシ、フロ、ネルの三つだけ。朝はイッテクルとひと言。いつも仕事で遅いんですが、たまに夜十時ごろ帰った時も銀行から何やら書類を持ち帰って午前二時すぎまでゴソゴソやっているんです。

休みの日は一日中家でごろごろ寝たり起きたり、のそっと起き出してきたかと思うとミニカーのプラモデルを熱心につくって一人で楽しんでいます。子供がまだヨチヨチ歩きでそのプラモデルにいたずらした時のあの人の激しい怒りよう。子供と一緒になって遊んでやるなんてことはほとんどありません。

月収のうち二十万円だけを家計費として私に渡し、ボーナスは全額を自分名義で預金しています。

また、お恥ずかしい話ですが、主人は終わったあとすぐバスルームに行ってシャワーで洗うんです。必ずそうするんです。とても嫌な感じです。

自分のことしか考えない利己主義な人なんです。夫婦らしい会話なんて全くありません。こんなに妻のことをかまってくれない夫でも、冷たい関係でもこのまま夫婦として生活していくべきなのでしょうか。

（長野県　H子・三十七歳）

A　同じ職場で働いていたんですから御主人の仕事の大変さはあなたが一番よく御存知のはずではないですか。家にまで仕事を持ち帰り残業をするのもあなた方家族のためでしょう。
月収のうち二十万円しか入れてくれないのが不満のようですが、ボーナス全部を他の女との遊び代に使うのでもなく、ギャンブルに使うのでもなく、自分の趣味のためだけに使うのではない、預金しているのだから御主人が死ねば全部あなたと子供のものではないですか。突然自分が死んだ時あなた方家族につらい思いをさせないために御主人は預金をしているのかもしれません。

　ひとりでプラモデルをつくっているのが気に入らないようですが、たまの休みです。自分の時間ぐらい自分の自由にしたいでしょう。家族を放っておいて自分だけゴルフに出掛けたり麻雀に行くわけでもない、ひとりでプラモデルをつくっているなんておとなしくていい御主人です。

　ひとりでシャワーを浴びさせるのがイヤなら自分もそのまま裸でついて行けばいい。一緒に水遊びでもしたらいかがですか。

　あなた自身の不平不満の根本の原因は、あなた自身に、御主人に対する愛情がないということです。あなたは御主人のことを頭から馬鹿にしている。養ってもらっていながらあまりにも無礼です。自分が相手を愛さないで、相手だけに愛してもらい、なおかつ養ってもらえる資格があるのかどうか、よく考えなさい。自分自身を鏡に写して。

　夫婦の間、男女の間はすべて五分五分。一方だけが悪くて一方だけが良いということはありえません。相手を責めるばかりでなく自分自身ももっと相手を愛し尊敬できるように努力すべきです。

冷たい夫と別れて再出発したいが夜勤でヘトヘト

Qいきなりお金の話でお恥ずかしいのですが、主人から毎月食費として十万円預かり、私の働いた月給十五万円と合わせて生活しています。三人の娘（高三、中三、小六）がおり、食費、日用品費、学校関係の諸費などで二十万円は消えてしまいます。残りは保険や被服費に消えます。

主人の月給や貯蓄の管理は主人がしており、私にはよくわかりませんが、二百万円くらいの貯蓄はあるようです。私の貯蓄残高は十万円です。

最近、主人が事故で骨折しました。その時。主人の両親がすべて主人の面倒を見ました。結婚当初から主人は私よりも両親を頼る人でしたが、結婚十七年目を迎えた今もそうです。

金銭的にはすべて自分が管理する夫、いざという時には必ず両親に頼む夫。夫婦生活は五年前から途絶えたまま。会話もほとんどない夫婦。妻である私の役目はいったい何なのだろうかと今更ながら考えずにはいられません。

今まで、子供たちの成長だけを楽しみに生きてきましたが、私も四十歳を目前にして、自分の人生はこれでいいのだろうか、こんな冷ややかな夫とこれから先も人生を共にするのかと思うとやりきれなくなります。自分自身、何とか自立しようとして二年前から特養老人ホームで寮母として働いていますが、月に四～五回の夜勤があり、肉体的にヘトヘトです。

もし、これから先一人で生きていくとしても切り詰めた生活をしなければなりません。女四十歳からの再出発はそう甘くはないようです。

私には幸せになる資格がないのでしょうか。

（愛媛県　F子・三十九歳）

A

心の持ち方を変えるしかないですね。

お手紙によれば、ご主人の月給だけでは足りなくて、あなたも働いているとのこと、それなのにあなたが家の経済のすべてを預かっていないのが不服のようです。けれども、やはり娘さんたちの教育費などお金のかかることはほとんどご主人のお給料によるものでしょう。それならあまり文句も言えません。

あなたは不満ばかりを述べていますが、ご主人は浮気をするでもなく、ギャンブルにうつつをぬかしているのでもないようです。いわゆるごく普通の健全なご家庭のように思えます。そんな家庭を四十歳を目前にして、女一人飛び出したとしていったい何ができますか。

どうしても今の状態が気に入らないなら、直接ご主人に訴えることです。セックスがないこと、夫が貯金をすべて管理していることが不満であること。私はあなたの家政婦ではありませんと、はっきり伝えてみることです。おそらくご主人はあなたが不平不満をもっているなどとは考えたこともないかもしれません。

娘さんたちもあまり手のかからなくなった時です。家庭のことも大事ですが、そろそろあなた自身の楽しみも見つけて人生をエンジョイする方向へもっていかれてはいかがですか。

四十歳前、五十歳前というのは女にとってひとつの峠、誰しも立ち止まって悩むことの多いものです。決して、軽挙妄動しないように、ご自身の老後のことをよく考えてごらんなさい。老人ホームで働いているなら、なおさら家族のありがたさがわかるはずではないですか。

亡くなった夫と付添いさんとの仲

Q 五十年間連れ添ってきた主人が他界しました。享年七十九歳。主人が入院していた時のことです。ほんの五十日程面倒をかけた付添いさんは笑いの絶えることない面白い人で、主人もとても気に入っていましたが、個室で日夜二人だけで、主人と付添いさんとの間に一体何があったか、疑われてなりません。五十年間の結婚生活がほんの最後の五十日間でめちゃくちゃにされたくやしさで夜も眠れず四キロも痩せてしまいました。

（山口県　H・七十五歳）

A 「莫妄想」という仏教の教えがあります。それは、妄想するなかれという意味です。現実にありもしないことをいろいろ妄想して思い悩み苦しむほど馬鹿げたことはありません。

あなたの今の悩みも同様、あきらかに妄想にすぎません。

付添いさんは、妻のあなたでさえ気付かない専門的な介護を優しくしてくれたからこそ御病人も楽しかったのでしょう。よかったじゃありませんか。それが何故、関係があったということになるのですか。何か証拠でもあるのですか。遺産をその人に残したわけでもないでしょう。

二人の五十年もの長い愛の歳月を、最後のほんのわずかな五十日間で、しかもあきらかに誰が問いても妄想にしかすぎないことで汚すのは馬鹿げています。

あなたと御主人が苦楽を共にした長い歳月の重みをふりかえり、信じ、これからも前向きに生きていくことです。

自殺した夫にギャンブルの借金が

Q 私は今年の二月、ちょうど三十歳になりました。昨年の暮れに夫と死別致しました。自殺でした。

彼とは三年間の交際ののち、昨年八月の夏の盛りに結婚式をあげたばかりでした。一体、なぜ、こんなことになったのか。

死後、明らかになったのは、結婚してから数ヶ月以降は全く仕事に行っていなかったこと、競馬、競輪に相当入れ込んでいたこと。あちこちのサラ金からお金を借り、総額六百万円にものぼっていたことです。それでは、毎月、私に手渡されていた生活費、あれもサラ金から借りてきたお金だったのでしょうか。信じられません。

なぜこんなに大事なことを私に隠し通してきたのか。気づかなかった私も愚かですが、本当に死ぬ前日まで、いつもの通りのおだやかで優しいあの人だったのです。結婚後、二ヶ月すぎたあたりからほんの二度だけ連絡なしに帰らないことがあり、三度目のある日、自ら命を断ったのです。

結局、私は、私自身が勝手に作り上げた偶像を愛していたにすぎなかったのです。彼はその偶像を演じきれず、一緒に暮らし始めて次第に真の姿がさらけ出されようとした途端、一気に坂を転げ落ちるようにこんな結果となりました。

何の疑いもなく、毎日早起きをし、お揃いのお弁当箱にお弁当を持たせて送り出していた私。彼は一体どこでそのお弁当を食べていたのでしょう。私の今までしてきたことはすべて一人相撲、何もかも無駄だったようです。

先生、私はこれから先、一体、どのように生きていけばいいのでしょうか。

（鳥取県　N子・三十歳）

A　おつらいことと思います。本当にあなたのやり場のない深い哀しみ、お察しいたします。

けれども、むごい言い方ですが、見合いでもなく、三年もの交際の末、お互い納得した上で結婚されたのでしょう。その間あなたが彼のやさしさや愛を信じることが出来たのは、やはりそれも真実だったのだと思います。人間は不可解なところを一杯持っている動物です。自分でも自分の内部に何がひそんでいるのか、本当は死ぬまでわからないのではないでしょうか。亡くなった人が弱かったとか、無責任だとか、批判はいくらでも出来ましょうが、今更そんなことをあげつらっても仕方がありません。

こうなってしまったのをいくら嘆いたところで仕方がありません。そういう因縁があってそういう人と結ばれたのだと思って下さい。

　あなたと彼との新婚生活はたとえ数ヶ月で幕を閉じたにせよ、決して無駄ではなかったと思います。

あなたの心のこもった手作りのお弁当を、彼は毎日、どんな思いで食べたのでしょう。そのお弁当を開くときだけが唯一彼にとって心やすらぐ慰めの時であったかもしれない。同時に、あなたのいささかも疑わない信頼しきった愛情に応えるべく、あくまでも平静を装い、嘘をつき通さなければならなかった彼の絶望的な胸中を思えば、そのあまりの凍りつくような孤独さに、胸が抉られるような気がします。

彼が次から次へとサラ金からお金を借りて回り、莫大な借金を背負うに致ったのも、やはりあなたに知られたくないため、余計な心配をかけさせたくないためでしょう。最後の最後まで、彼はあなたに、お金を都合してくれ、とは言いださなかった。そして、自らだけが命を断ち、あなたには一切借金のまきぞえはさせなかった。あなたに対する彼なりの愛情だったと思います。死んでしまった人を今さら責めてみても始まりません。どんなに辛かっただろうと心から冥福を祈ってあげて下さい。「時」があなたの心の傷を必ず癒してくれるし、あなたのような純真な人にはきっときっといい人とのめぐりあいがあります。今度こそ幸福になれると信じて前向きに生きて下さい。

夫が残したノートには他の女への恋歌が

Q 一昨年五月、主人が他界しました。
よく歌を書き、日記をつけていた主人のノートの山を主人は残しました。

四十九日も終え、落ち着いた時、そのノートの一冊をめくった私の頭の中は真っ白になりました。女あての恋歌がぎっしりつまっていたのです。女は主人の勤めていた小学校の同僚でした。私とも共通の友人で、三人でよく奈良へも遊びに行っていた女です。私より十歳年下です。しっかりした美人です。

恋歌によると女と主人の仲は小学校勤務時代から続いており、主人は学校帰り、スクーターで女を家まで送ったりしていたようです。

毎夜、昼も問わずそのノートを読んでは破り、ずたずたにして燃やしました。相手の女に電話をしたり、長い手紙を書いたりしました。

私と主人は恋愛結婚、どちらも信じ合い最後まで添い遂げたと思っていました。しかし、私たち六十年の結婚生活のうち、半分の三十年は、主人の心は女へと行っていたのです。

そういえば、主人はよく酒を飲み、あばれころび、修羅場を演じていたものです。なぜこんなに悪い酒になったのか、私には理由がわかりませんでした。主人は女に会えない苛立ちを酒でまぎらわしていたのでしょう。

主人は意地っ張りで人を恐れず、自分が正しいと思うと校長にでも真っ向から立ち向かうという人でした。そんな主人が長い間不倫をしていたのです。

私は今、八十四歳のおばばですが、この年になって、こんなに嫉妬の情に苦しむとは思いもしませんでした。

ご助言をお願いします。

（東京都　F江・八十四歳）

A

ご主人が亡くなって三年にもなるのに、くやしさと憎しみを燃やし続けているというのはお気の毒です。いくつになっても嫉妬や恋心は衰えないのだということをあなたの手紙で知らされました。それは生命力の強さの証、とてもいいことだと思います。三十年間、あなたは騙されていたと言いますが、三十年もの間、あなたに気づかせないようにしてきたのは、ご主人のあなたへの愛情とは受け取れませんか。

上役をも恐れない意地っ張りな人なら、あなたとの結婚生活を破壊し、女性との生活を始めることも可能だったはずです。けれども、ご主人は酒であばれることはあっても、あなたとの家庭を最後まで壊すことはなかった。世間では永夫の葬式に夫の愛人が夫そっくりの子供を連れてやってきたという例もあります。しかし、ご主人はそこまであなたに煮え湯を飲ませることはなかったのです。

あなたのくやしさは充分お察しします。しかし、過ぎ去ったことをいくら悔やんでも仕方がないし、無駄な労力です。ご主人とのいい思い出だけを呼び覚まし、彼岸へいったご主人の冥福を祈ってあげて下さい。仏教では三世の思想というものがあって、来世を信じます。やがてあなたが死んであの世へ行けば、必ずご主人が迎えに来てくれるでしょう。その時、思い切りご主人の頬をひっぱたいてやればいい。

生きている今は人を恨まず、一日をできるだけ楽しく、生きる努力をして下さい。許してあげると何よりあなた自身が楽になりますよ。

嫁と舅・姑

舅が体をさわってくる

Q 私は二十五歳の主婦です。一年前今の主人（三十一歳）と結婚しましたが、甘い新婚生活とはかけ離れた、じめじめと陰うつな毎日を送っています。

問題は同居している主人のおやじです。六十五歳、まだまだ元気で、昼間はゲートボールに熱中しています。主人はタクシーの運転手。新宿の近くですので、お店のひけた女の子や終電車に乗り遅れたサラリーマンが主なお客です。昼間寝ていて、夕方からタクシーを走らせます。主人と入れちがいに主人のおやじが帰ってきます。

その日、主人のおやじは、いつものようにテレビを観ながらごはんを食べ、そして、主人がいないのをいいことに、たとえ義理とはいえ親としてしてはいけないことを私にしました。耳をさわったり、胸をさわったり、そして体全体をさわりました。

その日以来、この一ヵ月、主人のいない夜をみはからっては、主人のおやじはすり寄ってきます。体全体さわられて、仲人や主人に言えますか。

主人のおやじは調子よく、年賀状に印刷する絵を主人と二人で相談して、私なんてまるでそっちのけなんです。
二、三日前も、主人は夕方出がけに、
「おまえ、おやじのズボン、プレスしないまま穿かせたんだって？　それぐらいのことちゃんとしてやってくれ」

と私に言いました。主人のおやじは私に直接言わないで、わざわざ主人に言うのです。私より主人の機嫌ばかりとるのは、あのことを主人に知られまいとするカモフラージュなのでしょうか。

主人は、おやじの素行に全く気づいていません。姑は八年前に亡くなっています。私は、このことを主人に告げるべきか否か迷っています。私は一体どうしたらいいのでしょうか。

主人のおやじはどうも最近ボケてきているのではないかと思うのですが。

（東京都　R恵・二十五歳）

A　すべてありのままを正直に御主人に言うべきです。
もうこれ以上耐えられないから一刻も早く別居してほしいと訴えなさい。もし、それで御主人があなたの言うことを取り上げず、信じないのなら、子供もいないことですし、この際、離婚することをおすすめします。

舅と思うからあなたの方にも遠慮があるのでしょうが、六十五歳といえばまだまだ若いです。そのうち、本当に肉体的な関係にでもなればとんでもないことになります。もし、子供でも出来たらどうするのですか。

たとえ、御主人と舅が大ゲンカをしようと、もうこのまま親子の関係が断絶してしまおうと、あなたがそんな心配をすることはありません。さわられて辛抱をすることもありません。

第一、なぜ、さわらせるのですか。私には、あなたが、舅の言いなりに体中をさわらせているのが不思議です。耳をさわってくればフライパンで思いきりひっぱたいておやりなさい。つきとばして舅が腰を打ってもそれは自己防衛です。あなたに責任は問われません。

舅がボケているかもしれないと、あなたは懸念していますが、ボケているならなおのこと、御主人にも親類にも事情を話し、病院に入ってもらうのがいいでしょう。病気なのだから専門家にまかせるのが一番です。

男は、たとえ、八十歳になっても色気はあります。嫁としての遠慮や、舅の人格など考える必要はありません。ただし、舅を愛しているなら別ですが。

亡夫の母と縁を切りたいが

Q 去年の八月。夫を胃ガンで亡くしました。四十五歳の若さでした。

落ち込んで切なくて本当に身も世もないほど悲しいのです。

今は、子供二人と姑と同居しています。姑とは結婚当初より折り合いが悪く、私はずっとこの二十二年間耐えてきました。子供たちも姑の意地悪い性格にうんざりし、一緒には住みたくないと言っているぐらいです。でも、亡くなった主人は最後まで姑のことを気にかけていたことを思うと別居にも踏み切れません。

今後の私の心構えを教えて下さい。


（高知県　C子・四十五歳）

A 今日は、ご主人があなたをこの寂庵に連れてきてくれたのです。
落ちこんでつらいつらいと思っていたあなたはこの寂庵にまで足を運べるようにまで落ち着いたのです。

どんなに辛い悲しいこともすべて歳月がなだめてくれるのです。

それを関西では日にち薬といいます。

仏様となったあなたのご主人は天国で遊んでなんかいません。ご主人は今もこの瞬間もあなたのところへ来て守ってくれています。

私も大切に思う人をもうほとんど亡くしましたが、かえってその人たちが生きている時よりずっと身近にいるように感じます。

亡くなったご主人はあなたが幸せになることを一番望んでいます。

あなたが好きなことをして自分を豊かにして前向きに生きていくこと、あなた自身がまず幸せになることです。自分が幸せにならないと周りも幸せにすることはできません。

この際、お姑さんと思い切って別居をするのもいいかもしれません。

でも、もし御主人が生きていたら、どうしたがるだろうと考えて下さい。生きている人のように御主人に相談してごらんなさい。答は必ず返ってきます。

淋しくなったらまたいつでもいらっしゃい。

姑の干渉に閉口

Q 姑（六十歳）とのつきあい方について教えてください。
舅姑とは、結婚当初から別居しているにもかかわらず、姑の干渉がうるさく閉口しています。

この間も、夫との四度目の結婚記念日を前にして、姑から手紙をもらいました。

その内容というのが、四年前の結婚式場での打合せにはじまって、この正月、帰省した折のことまで、「こうしていたらかわいい嫁だったのに」とか、「あなたの無神経な一言でどんなに周りを傷つけたか」など、くどくどと便箋4枚にもわたって書き連ねられていたのです。私は、四年前の結婚式のことなどもうあまり記憶になく、姑が何を言っているのかよくわかりません。

姑は、三人の子供たちを育てあげ、今はもう皆、独立して家を出ています。姑は現在、フルタイム外へ出て働いていますが、それでもエネルギーがあり余っているようで、何かと手紙や電話をしてよこすのです。

それも私が一人でいる時間帯を狙っては、電話をかけてよこすのです。しかも、姑の言う苦情のいずれもが、一度は電話なり手紙なりで詫びを入れさせられたことばかりについてでした。

よく本音のつきあいなどといいますが、所詮は「覆水盆に返らず」です。

一度、口に出したり、手紙にしたためられたことは、後味悪く残るだけで、あっさりとした関係に戻るということは不可能のような気がします。

夫に訴えると、姑の味方をします。姑と夫は結構仲がいいのです。

今後、この姑とどのようにつきあっていけばいいのか教えて下さい。

（埼玉県　M美・三十二歳）

A　大変なようですね。

人は誰しも自分の心を守る権利があります。お姑さんの攻撃でノイローゼになるというのなら、今後一切、よこされた手紙は見ないことです。

電話をよこされるのがいやなら、姑がかけてくる時間帯には、いないようにすればいいのです。外へ出て仕事をするなり習い事をするなりして、できるだけ避けることです。それでも、お姑さんからかかってくれば、「今ちょっと忙しいのです」と言って切ることです。

それでも嫌味を言いはじめたら、「同じことを何度も言わないで下さい」とはっきり言って切りなさい。喧嘩してもかまいません。

嫁姑の関係は両方の意見を聞いてみないとわかりませんが、あなたの手紙を読んだ範囲なら、お姑さんの方が明らかに非常識です。うまくやっていこうと努力する必要などありません。

それを、ご主人にとがめられれば、「このままだと私の方がノイローゼになるから」とはっきり伝えることです。

息子が母親と仲がいいのは、よくある例です。それでも世間では、マザーコンプレックスのご主人を、うまくあやして結構たのしく暮らしている聡明な奥さんもたくさんいます。

お姑さんのことばかりにパワーを吸いとられて、ご主人との仲がぎくしゃくしないよう、妻として家の中を明るく居心地のいいものにすることにつとめて下さい。とにかく、家の中が平穏であれば、それでいいのです。

コラム❸ 仏教豆知識

あ行

愛敬あいきょう—「男は度胸、女は愛敬」とよくいわれる。この愛敬はもともと如来や菩薩の顔が柔和で、やさしく、慈愛に満ちていることに由来する言葉。仏の慈しみにふれて敬う心を起こすという意味。日常では明るくて愛想がよい、人付き合いが良い、というように使われるが、男女とも本来の愛敬を持つことが大切。

阿吽あうん—「あ」は口を開く音、出る息。「うん」は口を閉じる音、入る息のこと。サンスクリット語の「ア・フーン」の音写。最初から最後まで呼吸が乱れず、調えられている状態をいう。仁王像や狛犬が口を開いているのと閉じているのが対になっているのは双方互いに呼吸を合わせて仏教を守ることを表している。普通、「阿吽の呼吸」といえば互いの息がぴったりと合い、考えや気持が一致している意をいう。

尼あま—女性の出家修行者のことを尼といいます。女性の出家修行者をさすサンスクリット語ビクシュニー(bhikṣuṇī)があり、その俗語のビックニー(bhikkhunī)の音写で比丘尼となります。その音写語ニー(nī)だけを尼として用いたものです。わが国で尼をあまと訓じたのは、サンスクリット語アンバー(amba)の俗語アンマー(ammā)によります。

アンマーは幼児語でおかあちゃん、乳母、おばさんなど親しい人に呼びかける言葉です。ついでに「庵主」についていえば、尼寺の主である尼僧のことをいいます。古くは「あんしゅ」

ともいいました。

阿弥陀籤 あみだくじ—数人でくじを引き、当たった金額を出し合って等分に飲み食い、または分配するくじ引きのこと。そのくじの図形が阿弥陀如来の後光のように放射状に描かれたところから発している。帽子を後ろに傾けてかぶるのをあみだにかぶるというのも阿弥陀如来の光背の形から来た。

因果 いんが—因果とは、原因と結果。つまり、世の中のありとあらゆる現象や出来事は、それをもたらす原因があるということです。因果がわかると、すべてのことが分かってきます。

気のきかない嫁を嘆いている人はたくさんいます。しかし、その嫁を選んだのは息子です。息子を産み育てたのは自分自身です。結局、今、不愉快な思いをしている原因を探っていけば、自分自身にあることに気づくでしょう。

夫に別れ話を切り出されたというのも同様です。夫も冷たいけれど、よくよく考えてみれば、夫が逃げ出したくなる理由が自分の中にあるはずです。

不幸は突然、襲ってくるのではありません。すべては原因があって、結果があるのです。くよくよ悩まず、前向きに生きるため、まずは、因果関係を探ることです。

引導 いんどう—仏教では、人々を教え導き仏道に引き入れることを意味していました。そこから転じて、葬儀の時に、死者が迷わぬよう僧侶が法話を唱えるのを「引導」というようになりました。日本では、生者を導くより、死者を導く意味になって、安らかに眠ってほしいという鎮魂の意味がふくまれています。

有頂天 うちょうてん—仏教では、天上界をさまざまな段階に分けています。まず、欲界（まださまざまな欲望のある世界）に六天があり、その上の色界（欲望を離れた清らかな世界だが、まだ物質が存在する）に、下位から順に初禅天、二禅天、三禅天、四禅天があり、その四禅天にまた九禅天があるとしています。その九天の最頂上を有頂天と名づけ、ここに昇ればどんな望みもかなえられるとされています。

しかし、この有頂天はまだ色界に属し、無色界（物質を超えた精神のみの世界）には達していない未解脱の境地ですから、いわゆる有頂天になって魂の修行を怠ったり、悪念を起こしたりすれば、たちまち九天を堕落してしまうこともあり、これを九天直下といいます。ご用心。ご用心。

有無をいわせず うむをいわせず——仏教以前のインドの哲学上ではいつも論争が絶えませんでした。ある派は「物質は有る」といい、違う派は「無い」と主張し、また「死後の世界は有る」といい、「いやそんなものはない」と言い合います。釈尊は、そんな意味のない上っ面の理屈ばかりこね合っているのをぴしゃりとしりぞけ、「すべての事物は因と縁の和合によって生ずる」という真理を説かれ、「したがって、不幸を生ずる因と縁を造らなければ人々は皆、幸せに生きることが出来るのだ」という原理を教えられました。

人生から浮き上がった理論のための理論「有無の論争」を釈尊が一喝したことから、「有無をいわせず」という言葉が出てきたのです。

会釈 えしゃく——経典の解釈で、様々な説がある時、異説を取り除いて解りやすくすることでした。中国仏教では和会通釈といい、それを略して会釈となり、わが国では、相手の立場をよく考える、とりなす、相手をするなどに変ってきて、あいさつ、お辞儀となりました。

縁起 えんぎ―縁起が良いというのは「まわりあわせが良い」ということ。仏教では、すべては縁（因縁）によって起ると考えます。語源は、サンスクリット語のプラティーヤ・サムトパーダで、それの中国語訳が縁起です。他に依存して生じ、存在するということ。夫婦を例にとれば、夫があっての妻であり。妻があるから夫があるわけで、単独では夫婦と呼ばれないようなものです。『これが在るから、あれも在る。これがなければ、あれもない』ということです。これが悟りを開いたのは、十二縁起（因縁）の理を悟ったと言われます。

すべての人間の苦しみは、人間の意識の根底に無明があるからで、無明をなくすれば、人間の苦がなくなるという教えです。

大袈裟 おおげさ―僧侶の着る法衣は糞掃衣といわれ、昔は使い古したボロ布地をつなぎ合わせ作りました。五条、七条などと呼ばれ、大きく長い布が用いられ、この僧衣の大きさより転じて針小棒大にいうこと。ささいなことをさも大変そうにいうこと。

和尚 おしょう―天台宗では「かしょう（古くは「くゎしょう」）、真言宗では「わしょう」または「わじょう」、律宗・法相宗では「わじょう」「和上」とも書く。普通は「山寺の和尚さんは、毬はけりたし毬はなし」のように、おしょうと発音する。それが訛って、寺の「おっさん」などともいう。

禅宗でも、一般の僧侶に対しては禅師といわず和尚と呼んでもいい。

御陀仏 おだぶつ―本来は念仏を唱えることだが、臨終に南無阿弥陀仏と唱えるところから死ぬことを意味する俗語になった。物事が失敗すること。だめになることをもいう。

か行

覚悟 かくご―真理を体得して悟りを得ることです。目覚めるという動詞ジャーグリからつくられたジャーガラの訳語です。覚も悟も仏教ではさとりの智慧をさし、覚悟はさとりをあきらかにすると解します。仏教語では大切な言葉。悟れば心が動じないから。決心の定った状態をいい、何か大切なことをする時、覚悟を決めたなどといいます。

餓鬼 がき―生前の罪のため餓鬼道に落ち、つねに飢えとかわきに苦しむ亡者。転じて子どもをいやしめ、ののしって呼ぶ語。食べ物をひどくほしがりがつがつ食うところから言います。

逆縁 ぎゃくえん―仏の道に逆らい仏法を謗ることが仏道に入る因縁になること。俗に子が親より先に死んで、親が子のために供養しなければならないことをいう。

愚痴 ぐち―サンスクリット語「モーハ」の訳。仏教や人生の真実の姿を分からないこと。物の道理をわきまえず、迷ったり、惑わされている心の有り様。またモーハの音写が馬鹿（莫訶、莫迦）となり、愚かなこと、無知という意味になった。日常語で愚痴をこぼすというと、不平不満をいうこと。

外道 げどう―「道の外」、つまり道にはずれたものを意味し、元来は仏教徒が仏教以外の宗教を呼ぶときに用いた。「外教」、「外法」ともいい、それに対し仏教のことを「内道」、「内教」などと呼んだ。元来悪い意味はなかったが。次第に邪教の徒を指すようになった。今日では「畜生」と同様強い侮蔑の意を表す。

玄関　げんかん──妙なる悟りの源（玄妙という）に至る道へ入る関門。昔、禅寺で使われた言葉で、禅寺の、あるいは寺院の門のこと。室町時代以降、禅寺の書院建築の様式が公家、武家の屋敷に用いられ、式台のあるところを玄関と呼んだ。後に一般に住居の表入り口を指すようになる。

業　ごう──「業が深い」「自業自得」と悪い意味で使われるが、原語は単に「行為」という意味。現世における幸福や不幸は前世における善業や悪業の結果である。業の力は過去、現在、未来にわたり存続して働くとされ、業による輪廻思想が生まれた。

恍惚　こうこつ──『老子』では、「恍」も「惚」も元々「おぼろげである」「とらえがたい」の意味で使われています。本来、「恍惚」という言葉は「定」あるいは「禅定」を意味する原語（サンスクリット語）からの訳語です。有吉佐和子さんが『恍惚の人』という老人性痴呆症の男を主人公に小説を書き、大ベストセラーとなりました。それ以来、流行語となり、恍惚とは、老人のボケ状態とほとんど同義語となってしまいました。

降伏　こうふく──濁音で読むと「悪心などを打ち負かす」という仏教語の意味。密教の中には悪人や悪心をおさえるための降伏法という護摩がある。

乞食　こじき──正式にはコツジキと訓じ、憎が托鉢することをいいました。原始仏教教団では、出家修行者は自分で食物を採取することも、耕作することも禁ぜられ、法は仏に乞い、食は人に乞うという定めになっていました。食を乞うことは恥ずべき所行でないどころか、むしろ一般人に善根を積ませる尊い行為とされていたのです。

金輪際 こんりんざい—仏教では宇宙の虚空に、下から上へ風輪、水輪、金輪の順に三つの輪が立っていると想定する。金輪際はその金輪の最も下の端を指す。日常語では物事の限度ぎりぎりのこと。あらん限り、もうこれっきりのこと。

さ行

三途の川 さんずのかわ—三途とは地獄道、畜生道、餓鬼道の三つの途を言います。あるいは又、死後、中有（死んでから次の生を受けるまでの、まだ地上とのつながりの断たれぬ霊体）の身となり、初七日の冥土への途中にある三途の川という川を渡るという説もあります。川のほとりでは奪衣婆、懸衣翁という老人が死者の衣服を剥ぎ、それを木の枝にかけて生前の罪の軽重を計るとされています。

三昧 さんまい—サンスクリット語サマーディの音写。一心不乱に仏道に専念すること。日常語でも一つのことに熱中して他のことを考えないことをいう。読書三昧、放蕩三昧というように、ある事柄だけに夢中になってしまうこと。

四苦八苦 しくはっく—生・老・病・死の四苦に、愛別離苦（愛する者と別れる苦しみ）、怨憎会苦（いやな人、嫌いな人と顔を合わせなければならない苦しみ）、求不得苦（欲しいものが手に入らない苦しみ）、五蘊盛苦（人間の肉体や心がいろんな欲望で燃えること、煩悩が燃え盛る苦しみ）の四苦を加えて四苦八苦といいます。五蘊（色・受・想・行・識）があるからこそ私たちは何物にも執着し、苦しむのです。この苦しみを絶つこと、四苦八苦の苦しみから解放されること。これが仏教でいう「解脱」です。サンスクリットでは涅槃、「ニルヴァーナ」といいます。

四天王 してんのう—四人の仏教の守護神。世界の中心にある須弥山の中腹にあって四方の天を守る、東方の持国天、西方の広目天、南方の増長天、北方の多聞天（毘沙門天）を指す。これに発して文武に優れている者から四人をピックアップして、四天王と呼称するようになった。

娑婆 しゃば—サンスクリット語「サハー」、又は「サバー」の音写。「忍土」と訳され、この世界は人間同士の葛藤や天候自然など種々の苦悩を耐え忍ばなければならない土地であると解される。つまり迷えるこの世界のことである。

邪魔 じゃま—仏教に敵対して、邪悪をそそのかす悪魔のこと。また悟りへの道をさまたげる煩悩のことをいう。一般には相手の仕事が順調に進まないよう妨害すること。

出世 しゅっせ—仏教では「出世」は仏が衆生を救うために、この世に出現なさることを言います。サンスクリットではブッダ・ウトパーダといい、ウトパーダは「出生」「出現」の意味です。

寿命 じゅみょう—生命のこと。寿、命根ともいう。普通命が持続する期間をいうが、仏教では、我々がこの世に生れて死ぬまでの間、体温と意識を維持することをいう。

た行

退屈 たいくつ—仏道修行から後退し、苦難に屈すること。転じて何もすることがなくヒマをもて余す、となる。

醍醐味 だいごみ—大乗経典の『涅槃経』によると、牛乳を精製した時、乳味→酪味→生酥味→熟酥味→醍醐味と五味に変化するとあります。第五番目の醍醐味はチーズです。これが最高においしく、最高の涅槃の境地のようだということで、天台宗では最高の教えの法華経涅槃時を醍醐味にたとえるのです。

茶毘 だびー「茶毘」は「火葬」のことです。わが国では人が死ぬと、土葬、風葬、水葬など行われていたのが、仏教が伝来してから、釈尊の入滅以来、遺体を火葬する仏教徒の習慣が取り入れられるようになりました。

奈良の元興寺の僧、道昭が六六〇年、中国から帰り、法相宗をひろめ、七〇〇年に死んだとき、遺命によって火葬しました。わが国の火葬の第一号です。それ以来、火葬がわが国の葬法として広まりました。「茶毘」とは、パーリ語の「ジャーペーティ」の音を、漢字で写したもの。ジャーペティは、「燃える」「焼ける」を意味する動詞ジャーヤティの使役法で、「燃やす」「点火する」「火葬にする」という意味です。

知識 ちしきー仏教では知識は物を識ることではなく「善知識」と言って「善友」の意味でした。「相識るもの」とはよく気心を知りあった友だちという意味です。仏教では僧伽。すなわち仏教教団では、すべての者が一緒になってはげましあい修行し、仏道をたどる仲間であり、修行者はみな友だちです。師と仰ぐ人も「善き友」です。仏陀もまた「善き友」です。僧伽で勉強し、修行する仲間が、いつのまにか知識、すなわち、ものを学び識ることになっていったようです。

知事 ちじー今では都道府県知事にしか使われていませんが、本来はインドの寺院の雑事や庶務を司る役職名だったもの。知院事の略です。サンスクリット語の「カルマ・ダーナ」の訳語です。寺内の諸事を司る三役を三綱といい、上座・寺主・都維那の三役です。中国およびわが国では三綱に代るべき役名を知事といいました。

通 つう——語源は仏教でいう神通力の「通」。超越的、超人間的な摩訶不思議なはたらきのこと。日常語では、それぞれの分野の事情に明るく、精通している人に使う。通人というと粋人と同意であかぬけている人という意味。

堂々めぐり どうどうめぐり——祈願や礼拝のために、仏像や仏堂のまわりを巡ること。日本では僧侶だけが行う儀式になっていますが、インドやスリランカなどでは、仏塔などに参る時、在家信者たちもその周囲を右回りに巡り歩き、正面に来るごとに礼拝し、これを何べんも繰り返します。

現在の日本の日常語としては、同じ議論などをいつまでも繰り返して進展しないことや、国会で投票による議決をする場合に、議員が青票、白票を持って演壇上の箱に入れるあの方法を、俗に〈どうどうめぐり〉といいますが、いずれも原意とはすっかり離れてしまいました。

な行

内緒 ないしょ——仏が心の内に秘めている悟りと教え。内なる心に悟りを開いている様をいう。証は仏の教えを証明するあかし。一般には秘密と同じ意。「ないしょ」は「ないしょう」の詰まった言葉。

は行

平等 びょうどう——サンスクリット語の原語の「サマ（＝平等な）」から出ています。神の前にすべての人は平等、法の前にすべての人は平等というのが欧米流の考えです。インドは古くからカースト制という身分差別があり、バラモン、クシャトリヤ、ヴァイシャ、シュードラの四姓がありました。釈尊はこれを否定し「四姓平等」

を主張され。出家者の集団であるサンガでは僧はすべて平等に扱いました。また大乗仏教では慈悲を強調し、仏の差別のない愛を「平等大悲」と尊び、わが国では阿弥陀仏こそ平等大悲と考えました。宇治の平等院の「平等」も阿弥陀仏がまつられているからでしょう。

法螺 ほら―日常語で「法螺を吹く」というと、ウソッぱちの大風呂敷をひろげることをいう。が、仏教語の法螺は釈尊の法を説く声が響き渡ることを、法螺貝で作った楽器の大きな音量にたとえていった。まったく逆の転化である。

本願 ほんがん―仏、菩薩が過去において一切衆生を救おうとしてたてた誓いをいう。阿弥陀仏の四十八願、薬師仏の十二願などがある。これらの願によって当時の人々が何を人生における幸福としていたかという価値観がうかがえる。

ま行

曼荼羅 まんだら―悟りの世界を象徴的に幾何学的な図にしてあらわしたもの。諸仏を紙に描いたものと立体的に仏像を組みあわせたものがある。大日如来を中心にする胎蔵界曼荼羅と金鋼界曼荼羅がある。

無学 むがく―本来、仏教で無学というと、すでに学ぶべきものがないほど仏教をきわめ尽くしていること。日常語の無学はまったく反対に学問をしていないこと、何も知らないことで、無知と同じ意味で使われている。

無念 むねん―雑念を払って仏法に専念すること。無心、無念無想ともいう。一般にはくやしい、残念、と同義語。

滅法 めっぽう―生まれたものは必ず滅びるのが

真理（法）である、というのが本来の意味。一般にはめちゃくちゃに強いことを「滅法強い」というように、甚だしく、ものすごい、めったやたらという意の副詞に使われる。

や行

油断 ゆだん――油が尽きれば灯火も消えることから仏法僧の三宝という灯明を輝かすためには、信者の供養が不可欠であるという意。日常では不注意。気を抜くこと。気をゆるしてなすべきをなさないこと。

ら行

利益 りえき――「りやく」とも読みます。「りえき」は「儲け」「得」のことで、「りやく」は仏教語で、「仏が衆生に恵みを与えること」になります。前者は物質面だけで、後者は、物質と精神面と両方を指します。サンスクリット語の「アルタ（＝artha）」を漢訳して「利益」となりました。アルタは「利益」のほか、「目的」「意味」「財産」など、広い意味を持ちます。古くからインドでは、アルタ（実利）、ダルマ（法）、カーマ（愛欲）、モークシャ（解脱）の四つを人生の四大目的として追求しています。菩薩とは、自分のアルタと他人のアルタの完成をめざす人であるとされています。

＊本書の「あなたは、大丈夫」「仏教コラム」は、
新聞「寂庵だより」のアーカイブに、著者が加筆修正を加えたものです。

カバーイラスト　亀田伊都子
撮影　篠山紀信
ブックデザイン　鈴木成一デザイン室
あなたは、大丈夫 構成　杉岡 中
対談 構成　野村浩平
ＤＴＰ　山本秀一　山本深雪（ｇ-ｃｌｅｆ）
〈宮沢りえさん分〉
ヘア＆メーク　黒田啓蔵
スタイリスト　ソニア パーク

瀬戸内寂聴（せとうちじゃくちょう）

1922年、徳島県生まれ。東京女子大を卒業
1957年『女子大生・曲愛玲』で新潮同人雑誌賞
1961年『田村俊子』で田村俊子賞
1963年『夏の終り』で女流文学賞を受賞
1973年に平泉中尊寺で得度、法名 寂聴となる
1992年『花に問え』で谷崎潤一郎賞
1996年『白道』で芸術選奨文部大臣賞
1998年『源氏物語』現代語訳を完訳
2001年『場所』で野間文芸賞
2006年文化勲章受章
2011年『風景』で泉鏡花文学賞
近著に『愛することば あなたへ』（光文社）
『いのち』（講談社）
『寂聴 九十七歳の遺言』（朝日新書）
『はい、さようなら。』（光文社）
『くすりになることば 寂庵コレクション Vol.1』（光文社）など

寂庵コレクション Vol.2

あなたは、大丈夫《だいじょうぶ》

2020年4月30日 初版第1刷発行

著者 瀬戸内寂聴《せとうちじゃくちょう》

発行者 田邉浩司

発行所 株式会社 光文社

〒112-8011 東京都文京区音羽1-16-6

電話 編集部 03-5395-8172

書籍販売部 03-5395-8116

業務部 03-5395-8125

メール non@kobunsha.com

落丁本・乱丁本は業務部へご連絡くだされば、お取り替えいたします。

組版 堀内印刷

印刷所 堀内印刷

製本所 ナショナル製本

ISBN978-4-334-95161-0